❦ 纽伯瑞国际大奖小说

Shen Of The Sea

海神的故事

[美]阿瑟·博维·克里斯曼/著 冀文珍/译

团结出版社

图书在版编目（CIP）数据

海神的故事 / (美) 阿瑟·博维·克里斯曼著；冀文珍译. -- 北京：团结出版社，2022.4
（纽伯瑞国际大奖小说）
ISBN 978-7-5126-9383-8

Ⅰ.①海… Ⅱ.①阿… ②冀… Ⅲ.①儿童小说—中篇小说—美国—现代 Ⅳ.①I712.84

中国版本图书馆CIP数据核字(2022)第077204号

出版：团结出版社
（北京市东城区东皇城根南街84号 邮编：100006）
电话：(010) 65228880　　65244790　　（传真）
网址：www.tjpress.com
Email：65244790@163.com
经销：全国新华书店
印刷：大厂回族自治县德诚印务有限公司

开本：145×210　1/32
印张：67.75
字数：1070千字
版次：2022年11月　第1版
印次：2022年11月　第1次印刷

书号：978-7-5126-9383-8
定价：198.00元（全九册）

出版说明

纽伯瑞儿童文学奖（The Newbery Medal for Best Children's Book），又称纽伯瑞奖，是以英国著名出版家约翰·纽伯瑞而命名。于1922年由美国图书馆学会（American Library Association）的分支——美国图书馆儿童服务学会（Association for Library Service to Children）创设建立，专用于表彰在美国儿童文学界有伟大贡献的作家们。至今已成为整个美国乃至全世界公认的儿童文学大奖。

纽伯瑞出生在英国的一户农家，他是自学成才的儿童文学作家和出版家。他打破当时保守的风气，崇尚"快乐至上"的儿童教育观念，开辟英美儿童文学之路，所以被后人称为——儿童文学之父，纽伯瑞的贡献对于儿童文学，可以说是个重要的里程碑。

纽伯瑞奖每年评选颁发一次，奖励前一年度出版的优秀英语儿童文学作品。此奖项设立金、银两个奖章，每年金奖设立一部、银奖设立一部或多部。设立至今，几百部优秀儿童文学作品已经荣获此奖项。

我们本次通过精心挑选、细致编辑，为大家整理了此套纽伯瑞国际大奖小说丛书，全套九册，多为历届获奖作品中的金银奖章作品。选取故事也多元丰富，或滑稽、玄妙，或温存、美好，或是展现不畏艰难的生活态度，亦或是在民族历史背景下的奋进。本本都各具特色，引人入胜，下面让我们先睹为快吧！

《老烟草店的故事》（又名《弗雷迪历险记》）以小男孩弗雷迪的视角，叙述他进入烟草店后的种种奇遇，结识了许多奇奇怪怪的朋友：店主托比、阿曼达姨妈、平奇先生、两个怪老头、水手等……在弗雷迪偶然一次偷吸了中国烟草而召唤出水手米曾后，他和朋友们进行了一次跨时空的魔法冒险。而文末笔锋一转又恰似一场梦境，梦醒回到现实更增添的是对时间的感悟。

《银色大地的传说》由十九个独立成篇的南美洲印第安民间传说组成。作者结合自己独特而丰富的南美洲旅行经历，从幽暗的丛林到无边无际的草原，从万里无云到白雪纷纷，俯瞰耸立的怪石，探索神秘的海底……让我们尽情遨游古老而神秘的异国大陆。同时书中人类与巨人、怪兽、女巫等超自然力量的斗争，又让故事惊险而有趣，堪称世界儿童文学中的珍品。

《海神的故事》是一部由幽默风趣的美国人讲述的中国民间故事，充满传奇色彩的故事扣人心弦。筷子的诞生、风筝的来历，呈现出似真似假的传说；买儿子的温父、懒汉阿喜、正事反干的真俊，一个个鲜活的人物看似可笑，却又从不同层面传达了中国古代人民数千年的智慧和思想精髓。

《扬子江上游的小傅》是一个充满着冒险和奇遇的励志故事。真实地再现了在军阀割据的年代，一个初到大城市重庆的农村少年小傅，被大名鼎鼎的铜匠唐老板收留为徒、视为义子，与同命相连的小李结下了深厚友谊，跟随年老傲骨的王秀才读书认字……小傅面对生活艰辛、城里人的歧视、时局动荡等等一系列问题，用淳朴的灵魂不断挣扎、成长，最终站稳脚跟。

《银顶针的夏天》故事发生在富有人情味的田园乡村，十岁的小女孩加内特在酷热的夏天，从干涸的河床上拾到了一枚银顶针，仿佛银顶针带来了魔法，使她的生活发生了一系列奇妙的变化：久旱的农场迎来酣畅的大雨，流浪汉埃里克成为她家里的一员，小猪提米荣获展会蓝丝带……这么多幸运的事情都在拾到银顶针后的夏天到来了。我们体会了纯真的乡间生活的同时，也感悟到人情的美好。

《消失的湖》讲述一对表兄妹朱力亚和波西娅暑假探险途中，无意间发现了大沼泽边矗立的一片颓废"鬼城"社区，开启一段神奇的冒险之旅。他们结识了乐观开朗的明尼婆婆和品达爷爷，得知了沼泽曾是美丽的湖泊，"鬼城"曾是考究的社区的秘密，这个奇妙的假期，他们用善良、勤劳、乐观的态度，创造了自己的"世外桃源"。

《风之丘》讲述了小伙子奥利弗因假期从舅舅家赌气出走途中，在风之丘结识了养蜂人，这个优美的地方和有魅力的人深深吸引他多次前往。从养蜂人讲的故事中揭开了整个家族的秘密，最终奥利弗用自己的智慧帮助舅舅解决了风之丘的问题。同时他自己的内心也得到了反思和洗涤。

《城堡镇的蓝猫》这是一个充满想象和寓意的故事，主人公是一只在蓝色月光下出生的蓝色小猫，它有着丰富的内心世界，因为特殊的毛色而有了特殊的使命——把《河流之歌》传达给城堡镇的居民，这首歌饱含人类友爱、善良、美丽、和平和知足常乐等最基本的价值观。在它到达城堡镇时，发现那里的人们心中充满着仇恨、不满、欺骗、互不信任。蓝猫历尽艰险，用积极坚强的品德最终完成了使命。故事有趣，情节悬妙，蕴藏哲理，也揭示了人们在面对真理、谎言、诚实及贪婪时的挣扎。

《自由战士》是一位少年跌宕起伏的成长史，也是美国历史的片段缩影，曾经恃才傲物、天资聪颖的银匠小学徒约翰，因意外事故断送了银匠生涯，从此命运改写，跟随爱国人士投身美国独立革命的洪流之中。"人，应该活得顶天立地……"他带着新的梦想为美国的历史增添了浓墨的一笔。

我们本次重新对"纽伯瑞国际大奖小说丛书"的整理出版，本着尊重原典的精神，所选篇目既符合青少年的年龄特点又触及心灵深处，读中有趣、读后有感，连成人也会跟随每部作品追忆那逝水般的美好年华。全书译文细腻传神，适合青少年与家长围炉共读。由于编者水平所限，在编辑过程中，书中疏漏之处在所难免，请广大读者不吝赐教！

目 录

第一章　阿米的发明 …………………… 1
第二章　海　神 …………………… 13
第三章　老人智谋多 …………………… 26
第四章　筷子是如何诞生的 …………………… 42
第五章　买个儿子回家 …………………… 53
第六章　四个将军的故事 …………………… 63
第七章　雨神的女儿 …………………… 79
第八章　勇敢的小百花 …………………… 89
第九章　有个懒汉叫阿喜 …………………… 99
第十章　月亮女神 …………………… 109
第十一章　瞌睡虫的故事 …………………… 119
第十二章　渴望下雨天 …………………… 129
第十三章　风筝的来历 …………………… 140

第十四章　正事反干的真俊 …………… 153

第十五章　公主的果馅派 …………… 163

第十六章　看家的海楼 …………… 174

第一章　阿米的发明

"又是一个阴雨绵绵的鬼天气,啊!我亲爱的赤弟。"

"是呀,亲爱的叉哥。这雨下得确实太大了。那我们可有的是时间教训一下小孩子了。"

秦赤刚才所说的话是源于一个古老的谚语。大家都知道,在下雨天的时候,男女老少都会挤成一团缩在房间里不出门,胳膊挨着胳膊的;这样大家难免会挡着彼此的路,误会也就由此产生了。这时候竹枝可就派上用场了——紧跟着就可以听到此起彼伏的哭叫声。这就是谚语的起源了。秦赤说这话的时候只是觉得好玩,当然也是为了与哥哥有话可说。

但是秦叉却误以为弟弟说的是认真的,真的要动真格的。可能是因为下雨,或者是他有什么心事,他的面部表情显得非常忧郁,看上去有点闷闷不乐的,但是听到这样一个主意,他忧郁的脸庞上泛出了一丝兴奋的表情。

"好啊!教训小孩来消遣?这主意真是太棒了!我要亲自动手来给你砍一个竹条,阿米这臭小子就该打,他天天都快玩疯了,跟一头疯了的大象似的——实在是太调皮了,而且还把我那块菜地踩踏得不成样子!"

秦赤一听这话吓了一大跳,从他脸上的神情来看,他认为自己的哥哥夸大了事实。

"什么?你刚才跟我说什么?亲爱的哥哥,阿米像一头大象在你的白菜园里玩耍?我不是早就警告过他!让他再也不要糟蹋你的大白菜了吗?"

"我一句假话也没有说,这都是事实。"秦叉生气地说道,显然是有点生气了,因为秦赤竟然不相信他说的话。"他就是在我的白菜地里装大象了。来,我领你去看看。"

"算了吧,先不去了。"秦赤摇头说道,"现在雨下得太大了。我会再跟我儿子说说这件事的,让他不要再去那儿玩了。"

秦叉把他的斗笠戴正了一下,直接冲进了滂沱大雨里。他边走着嘴里还叽叽咕咕地好像说什么"窝头闷"。如果他真是说的这个,那他就是在骂秦赤是个又蠢又笨的榆木疙瘩脑袋。

但是秦赤只是苦笑了一下。他并没有打算把他的"掌上明珠"阿米暴打一顿。

那么现在看来,秦赤说的话是真是假还真成了一个问题。一些人认为他说的是对的,还有一些人认为他说的不对。

但是有一个问题是无可争辩的。那就是阿米这个孩子实在是太调皮、太不听话了。

说起来他跟朱平大夫那个懒惰的儿子阿喜还真有得一拼。这两个讨厌的小孩唯一的不同是:阿喜从来不做让他做的事情;但是阿米呢,从来都是做你不让他做的事情,他这样做纯粹是在钻空子。而且每次他都有充足的理由为自己狡辩,比如拿他在他伯伯的菜园子里玩这件事来说吧……

就在昨天,还是前几天,阿米就假扮成一条凶猛残忍的龙。他就真的像一条凶猛残忍的龙一样,在他伯伯的菜园子里东窜西窜的——把菜园子里的白菜糟蹋了很多。

他爸爸秦赤就告诉他说,别再在伯伯的白菜园里扮龙玩了。"阿米,不准你再去你秦叉伯伯的白菜园里玩扮龙的游戏了。你要再去我就对你不客气了,我可就要骂你了。"

阿米听了这话就说道："知道了,爸爸!"之后还真的没有再去玩龙的游戏。

不过阿米却把自己假扮成一头凶狠野蛮的大象继续在菜地里玩耍,他是没有再玩龙的游戏了,是真听话,真的不再玩那个游戏了,而且他还很谨慎,就连关于龙的想法都不让它到脑子里去,现在他成了白菜园里的一头肥重的大象。

秦赤是一个慈爱的父亲,他跟妻子(妻子的名字是什么已经忘记了)还有他的儿子阿米和一个小女儿一起住在一个干净整洁的房子里,他们的家就在山道上猴子比较多的地方。秦赤是一个做木雕、象牙雕和玉雕的雕刻家。他的光棍哥哥秦叉就跟他住隔壁,他主要是做书法工作——也就是用一个黑黑的大刷子在羊皮纸或者什么纸上写东西——当他没有纸的时候也会在墙壁上书写。

有些人说他写的都是些故事,但是这些故事肯定是没有给他挣到过钱。在挣钱这方面,其实秦赤做的雕刻工作也没有赚到什么钱,但是秦赤确实是个一流的雕刻家,他设计的都是上好的艺术品,他使用起刻刀来总是那么游刃有余,连最为精细的东西都能雕刻得精巧绝伦,用一块小小的象牙,他就能刻出七个小球——而且这些小球都是一个套着另一个的。

第一章 阿米的发明

即便如此,秦赤仍然既没有什么名气,也没有挣到什么钱。除了在集市上刻一些宝塔和小装饰品来挣点小钱外,他把大部分时间都花在了给阿米雕刻玩具上。

阿米这个孩子对父亲雕刻的小玩意儿却是一点儿也不珍惜,经常用斧头来砸这些玩具,或者直接就把它们扔到水井里去,总之就是一点儿也不珍惜这些东西,他的行为让人看了实在是痛心。

秦赤辛辛苦苦花了半年的时间来雕刻一条龙。功夫不负有心人,这条雕刻出来的龙真是漂亮,要是拿到集市上去卖的话,或许能有哪个有钱的买家出一根银条把它买下,但是慈爱的秦赤把这条龙送给了自己的儿子阿米。阿米这个小子玩了没有几分钟就对这条龙失去了兴趣,直接把它从纸糊的窗户里扔了出去。

难道窗户生来就是要被毁坏的吗?

难道好看的玩具就该落到个被扔掉的下场吗?

当然不是这样的了。秦赤攥着阿米一个指头,亲切地说道:"阿米啊!我的宝贝儿子,你不能再把你的龙从窗户扔到后院里去了,我可是很认真很严肃地告诉你,不要再把龙扔到院子里去了。"说完这番话,他就继续自己的雕刻工作,为了哄阿米开心,他在一块柚木上雕刻上漂亮的花纹。

阿米高兴地嚷道:"太好了,太好了,爹爹,我保证再也不扔了。"说完阿米继续玩他自己的——也就是把一块一块的柚木垒起来，垒到他那短短的小胳膊能够得着的高度。但是有一块柚木雕刻得非常精致，以至于根本支撑不起它上面的那些木头，因为这个原因，阿米垒成的这个小塔开始摇摇晃晃，最后塌掉了。

阿米很快也就没有了耐心，发起了脾气。这个小孩脾气大得根本无法控制自己的怒火，就顺势抓起那个惹事的木头扔出了纸糊的门板。

谁又敢说阿米是个不听话叛逆的孩子呢？是已经告诉过他不要把玩具龙扔到窗外去，但是他的爸爸秦赤有过禁止他把木头扔到门外去的话吗？

这可是一点儿都没有说啊。

秦赤真的是一点儿也没有提到过木头的事，而且前面警告他的时候是手指着窗户说的，并没有说不让扔到门外。不管怎么样，秦赤这次是真的想发火了，准备把他儿子好好训斥一顿。他用严厉的口吻喊道：

"阿米！……"

"轰隆隆，嘣，嘣。"

门框上的木条发出了这样奇怪的声音。"轰"的一声——房门被撞开了。冲进来一个体格强壮的人，身上穿着皇宫侍卫穿的衣服，手里拿着一根粗粗的棍子。

第一章 阿米的发明

"你这个卑鄙无耻的东西,你这个刽子手!杀人犯!"

这个人尖叫着吼道:"你们胆敢企图谋杀自己的皇帝?你们往皇帝坐的轿子上扔东西是什么意思,你们不知道皇帝就坐在那个轿子里经过这条街吗?在你们人头落地之前快老实交代!"

秦赤吓得大气都不敢出,哪还有胆量说话。他只是颤颤抖抖地把头紧磕在地板上,只等着快快受死了。

这个时候,阿米抓起大大小小、形态各异的玩具掷向皇帝的侍卫——其中还抓起了一把短把的斧头砸了出去。

谭恺皇帝舒舒服服地坐在轿子里的座椅上,轿夫正抬着他在猴街上走着。皇帝压根就没有想到过会有什么危险降临,在他的思想里根本就不存在"危险"二字。

这条街道看上去一片祥和,当那个玩具龙穿过那扇纸糊的门被扔出来时,就像一根利箭一样直接刺向了一个奴隶,然后落在了皇帝的大腿上。那些侍卫迅速冲向这间危险的房子,把这家人的门窗都砸了个稀巴烂。但是皇帝本人感到更多的是好奇而不是恐惧。他仔细地检查了落在自己腿上的东西,这个被砸到轿子上的不速之客,他很快对这个东西产生了浓厚的兴趣。

皇帝的管家冲进来的时候秦赤还跪在地上,等待着立即被处死。只见管家一声令下,侍卫们迅速抓起跪在地上的秦赤，把他拖到了房子外面，呵斥他跪倒在皇帝的轿子前面。这时候阿米正抓起坏了的玩具最后一次扔向正准备走出去的管家……或许他这样做是不对的，但是没有人规定不能这么做。

幸运却微笑着降临到了秦赤家。

谭恺皇帝非常欣赏这个老雕刻家的作品。这些本来是供阿米玩的稀奇古怪的玩具如今引起了皇宫里的人的兴趣。

在皇宫里，这些玩具受到了极大的赏识。秦赤每天都勤恳忠诚地工作着，为皇帝雕刻一些装在墙上做装饰用的小瓷片、天花板，以及珠宝玉石上的小饰品。在他的帽子上镶着一颗红色的纽扣。当然了，他是一个官吏。因为只有社会地位高的达官贵人才有资格在帽子上佩戴红宝石的纽扣……阿米却是比以前更加顽劣。

再强调一遍，阿米这孩子比以前更加顽劣不听话了。

阿米真是干尽了所有的恶作剧。好像每天都能听到有人对他说：

"阿米，不要这样做。"

"阿米，不要那样做。"

"不行！不行！不行！"

他爸爸都把"不行"说得够多了，以至于每次他说到这几个字都觉得舌头疼了。有时候他会改变说话的方式，违背自己的意愿说反话。

他有时会这么说："对，就这样做，小乖乖，你就往爸爸的靴子里尽管放癞蛤蟆和烂泥巴就是了，这样做会让爸爸非常开心的。"

或者说："亲爱的，求你再拿一罐吧。那些果酱你尽管放开胃口吃吧。吃上六罐果酱一点儿都不多。"

因为阿米太爱吃果酱了。对他来说，有了果酱其他的就什么也不想吃了。他早上醒来就吃果酱，一直到晚上睡觉都在不停地吃。只要你一会儿不盯着他，他就会把手伸到罐子里蘸果酱吃。他吃的果酱实在是太多了，结果后来就生病了，不得不请医生来看。

秦赤从墙上取下鸟笼子挂在了自己的胳膊上。（在那个国家，有钱人出去散步时通常带的宠物是自己养的云雀之类的鸟，而不是什么虫子之类的。）走到门口时他停下来对阿米说："我的掌上明珠啊，你可要开心地玩哦。千万不要勉强自己做不喜欢的事情。（又开始说反话了。）当然了，你可以随便把砒霜放到你妈妈喝的茶里，这样做是对的，你也可以用斧头劈你的小妹妹。如果你愿意，你也可以放火烧了我们家的房子……总之，只要你玩得开心就好了。但是一定不要做坏事哦。（不像以前那样教训他了。）比如说，我求你千万不要再进入到装果酱的罐子里去了。"

说完这番话,秦赤高兴地哼着小曲提着鸟笼出去溜达了。

阿米这回被爸爸的那一席话搞糊涂了。

"不要再进到果酱罐子里去。"

他这么大一个人怎么可能会进入到那么小小的一个罐子里去呢?那也太可笑了。他比任何一个果酱罐子都大得多。也许爸爸的真正意思是不要再让我把手伸到果酱罐子里去了吧。肯定是这个意思了。阿米下了很大的决心才做到没有把手伸到果酱罐子里去的。他真的是一个手指头都没有伸进去……

听话的阿米把他爸爸雕刻的许多小徽章都拿出来摆放到了地板上,还把一个罐子斜放在了地上。那些小徽章都非常漂亮,是雕刻在光滑平整的一块块木头上的,这些木头有的比吃饭用的盘子要大一些。刚好可以当作很好的装果酱的盘子用。像被一座座小山似的果酱包围着,阿米满足地坐在地板上吃着果酱……转眼之间,这一座座小山一样高的果酱消失了。这些果酱真的是太好吃了,简直是天下绝等的美味佳肴。

秦赤回到家发现他雕刻的作品上沾满了又黑又黏的果酱,顷刻间他感觉浑身愤怒得似乎要燃烧起来。开始只听

第一章 阿米的发明

他大吼了一声,接下来他的声音变成了咆哮,然后他抓起那些徽章用尽全身力气扔了出去。扔东西似乎是他们的家族传统了。

他的哥哥秦叉走进来的时候秦赤正在伤心地痛哭着,心里仍是充满了怒火。快眼的秦叉很快发现了有什么不正常之处。他盯着涂满了果酱的徽章看了一会儿。然后也开始咆哮着大吼了一声,但是他是满怀喜悦地吼道:

"天啊,我的好弟弟,"

他喊叫着说:"你这次是有了一个意外的大发明啊!这是印刷书最快的方法了。你真是太幸运了!"

他领着秦赤走到墙边,指着墙说:"看,就是因为这些果酱,每个徽章都在墙上留下了一个黑色的印迹。徽章上的每一个雕刻的纹路都被清楚地印到了墙上。现在你明白了吧?你可以完整地把我写的情节曲折、充满着悲伤的故事先刻在木头片上,然后阿米把果酱涂在木头片上,最后我再把这些木头片使劲印在一张一张的纸上,也许一天就可以印上一百来张呢……用毛笔我只能一个月才写成一个故事。但是用木头的话——我一个月就可以写出成百上千个故事了。天哪,这真是一个伟大的发明!"

秦赤就把哥哥写的故事刻在了木头上。阿米在这些木头片上涂上厚厚的一层果酱——还时不时地停下来舔上一口尝尝。秦叉再把木头按到一张一张的纸上……就这样产生了写在纸上的故事了——而且这些书都是在很短的时间里，花费了很少的金钱完成的。世界上最穷的人也买得起秦叉写的世界上最精彩的故事书来读了。

这就是印书是如何发明的。"印书"也就是那些奇怪的外国佬奇怪的语言里所谓的——"印刷术"。秦赤、他的哥哥秦叉，以及他的儿子阿米在这个发明里有不可磨灭的功绩。但是真正的事实是，阿米在这个发明里（或者说在果酱方面）做出了两个贡献，也因为此，一般把发明印刷术的所有功劳都归功于他了。他死后的纪念碑上写着"阿米，印刷术的发明者"。

第二章 海　神

跨海城是一个坐落在中国北部平原上的重要城镇。这个平原被称作哇田，这里地势平坦、土壤肥沃，盛产个大美味的甜瓜……人们生活富庶、安宁。但是这个平原地势非常的低。任何一本翔实的地理书籍，都可以告诉你跨海的海拔是低于海平面的。而且我知道，这些确实都是事实，因为每当我懒洋洋地坐在我家花园的椅子上时，经常可以看到扬帆而来的航船。在远眺那些又大又圆的平底帆船准备抛锚在尖角月亮湾时，我必须抬起头才能看清楚它们。这是真的，我必须抬起头来才能看得到那些船，头要抬到像是要看在蓝天中翱翔的雄鹰那样的高度才行。

海 神

我经常会这么想,海水是否曾经冲破那阻拦着它的厚墙汹涌而来,以至于淹没过跨海城呢?

从东北方向来的海浪最有可能波涛澎湃地越过城墙来淹没这座城市。于是我就问我的园丁——吴昌。

"吴昌,鱼儿是否曾经在千龙街道上游耍?海水是否淹没过跨海城?"

吴昌正在削胡萝卜皮,他停下了手里的工作,思考了一会儿,其实我更愿意相信,他很希望抓住这个机会结束手中的工作,转移到嘴唇的工作上来。

"很久以前,而且也就那么一次,海水曾经入侵过并且彻底淹没了跨海城。但是从那以后海水就再也不会入侵跨海城了。陈春曾经被戏弄了一番,但是他太聪明了所以不可能再上第二次当了。他掩埋了那个瓶子,或许就把那个瓶子埋在了这个花园里,谁知道呢?他把那个瓶子埋得很深,一般是不可能挖得出来的。从此海水能够从高处俯瞰到跨海城,但是它永远也越不过跨海城的城墙,也就淹没不了跨海城了。"

"真的吗?"我好奇地问道,"请快点告诉我,这个陈春到底是何许人也?还有,那个瓶子里到底装的什么东西呀?"

由于没有听说过这个故事,我在这方面的无知让我对

第二章 海　神

老园丁吴昌产生了仰慕之意。"大人您可是真会开玩笑啊！您肯定知道陈春是哇田这个地方的第一个皇帝的。"

"天啊，真的呀，"我激动地打断了他的话，"就是这个陈春培育出小胡萝卜的。"这只是一种猜测，也可能不是他。

吴昌纠正了我的想法："不是小胡萝卜，是书法。我想这件事情可能是搞错了。但是可以肯定地说，他把魔鬼装进瓶子里这件事确实是对人世间做的一件大功大德的事啊。哈哈哈！他就像腌甜瓜一样把魔鬼装进了瓶子里。哈哈哈！"

"不是放到罐子里腌，是放到了瓶子里腌的。哈哈哈……你要知道那时候这里的平原海拔比起现在是要低很多的。那时候，这个平原上还没有什么建筑物。而且海平面在那时比现在也要高出很多来，因为那时候还没有大轮船把海水压得很低，而且也没有轮船让这些海水变得平坦得波澜不惊，那时的海水实在是太高了，毫不夸张地说，海水的高度比海洋的宽度都要大呢，在海洋的每一边都有陆地作为阻拦，海水被这些陆地阻拦住了，而且不能肆意地流向任何一块陆地。因此，神们——也就是海里的怪物，相邀聚集在一起商讨如何入侵陆地的事，他们说：'我们的大海的面积实在是太小了，我们必须要有更多的空间，我们力大无比，没有什么能够抵挡得住我们吧？那么大家团结起来，我们一起去侵略更多的土地并占领它，这样我们海洋的面积就可以扩大了。'"

就这样，这些海神就沿着海岸线游来游去的，寻找可以入侵的土地。他们在经过釜山时没有停留片刻就游了过去，因为那块地方的地势太高了，而且到处都是高山峻岭。他们也游到了三神山附近的海域，因为在那个地区居住着权势极大的土地神——胡公，他们也就没有在那里停留。这些海神迅速地游过了这个地方以免招惹到土地神激怒了胡公。他们没有敢多看一眼就急速游了过去。但是当他们游到了跨海这个地方的时候，他们就开始兴奋起来了。这些魔鬼目光越过高墙看去；他们艳羡地满怀欣喜地俯瞰着跨海城，说道："这块土地就是我们要占领来作为我们伟大海洋的一块了。这里地势非常低，正合我们的意。毫无疑问，这块地就是我们的了。是的，我们应该占领跨海城，以及这片广阔无垠的平原。"这些海里的魔鬼还算是懂点规矩的，他们没有冲破城墙，带领着身后的海水就这样冲进来，没有就这样一下子淹没跨海城。虽然他们是魔鬼，但是那时候的神在心灵深处还是有一丝善良仁慈之处的。当夜魔鬼降临，露水洒满哇田的大片土地时，那些海神一共有七个吧，就开始向跨海城进发了。进去以后他们就等在皇宫

第二章 海 神

的花园里。

陈春——也就是那时候统治着哇田的皇帝,早上一觉醒来就来到了花园里,就在他准备伸伸懒腰、散散步的时候,他发现了等在那里的几个妖怪。他马上就反应过来知道那几个不是平常的人。他们见到皇帝也没有像其他人一样叩头行礼(也就是双膝跪在地上用头碰地)。而且,看他们的面相长得也不像是哇田的人。他们个个都长着血盆大口,就像鳕鱼的大嘴一样。他们的身上长着彩虹般的鱼鳞。尽管如此,陈春还是允许他们这些妖怪走进来。

"你们到底是些什么人?"皇帝问道,"你们来这里是干什么的?"

"我们是神,是海里的魔鬼。"那七个妖怪回答道,"我们是海洋里的神,我们来这里是为了要我们自己的领地。"

"你们来这里到底是要什么的?"皇帝宽容地笑着问道,他压制着心中的怒火,尽管他是这么说的,其实在他的内心里感觉更像是在哭,因为他已经很明白问题的答案是什么。

"我们来这里是为了占领这个城市以及这个城市周围地区所有的地势低的平原。这是我们的权力,而且我们也有这个能力——我们是决意要占领这块土地的。"

听完这些话，陈春的心一下子沉重了许多，好像一下子脚底下跌倒了，像是被千斤重的巨石压住了，又像是被泰山压在了下面。

他捋着胡子反应了好长时间，反复思考着，心里痛苦万分，但是内心里又在不停地祈祷。那些神就在露水之中快乐地跳着舞着。他们欢呼雀跃着，高抬着双腿欢舞着，把露水洒在宫殿的房顶上，嘴里还唱着海洋中那恐怖的歌曲。

最后皇帝对他们说话了："神们！"他说道，"你们能给我多长时间做一下准备工作？跨海是非常大的一个城镇。在这里生活着有五十万生灵。这要花费我好几个月时间，才能把所有的人安全转移到黄牛山上去。"

一个妖怪正在使劲地摇晃着柏树，好让树上的露水落在他和他的同伴身上，因为太阳已经升起来很高了，他们已经可以感觉得到白天以及白天的干燥。

"什么，多长时间？"其中一个神反问道，他看了一眼柏树就说道，"我们可以等你到这棵柏树开花的时候。如果等到柏树开花的时候，你所有的子民还没有聚集到高的地方的话，那他们就完了，在那个时候我们就会把海洋里的水引进哇田，让它变成一片汪洋大海了，而且海水会非常深，会淹没你的宫殿三里深。这就是我们给你的答复。现

第二章 海神

在我们必须得离开了,因为太阳已经非常的炽热了。"

这些神做出了准备要离开的架势,但是还没有等他们走出阴凉的地方,他们就忽然停住了脚步,非常不满意地咕哝着,而且一点儿也不值得惊奇,阳光蒸发了露水,现在陆地上一点水分都没有了,他们就好像晾在石盘上的银鱼,因此这些神就转身求助于陈春问道:

"噢,请问皇帝这里有水吗?只要能让我们度过白天这几个小时就行了。"

"只有一点点了,"陈春回答道,"请允许我冒昧地说一句,我想那些水对于你们来说肯定是不够的了。但是既然还有那么一点儿,那还是就请你们来喝吧。"

他指着一个水晶碗说道,那个水晶碗里养着一棵正在发芽的睡莲。那个碗里就有水,就那么一点儿围绕在睡莲根部的水。在碗里还有一些五颜六色的石头——蓝色的宝石,绿色的碧玉,还有黄色的玉(既然是放在皇宫里的就肯定是很宝贵的石头了),因为高贵的睡莲就是在这样的环境里生长的——在装满水和漂亮石头的碗里。

"你们就随便来喝吧。"皇帝又重复说了一遍。这些神绝望地摇着头。"这点水太少了。"

陈春又说道:"你们是神——当然也就会变魔法了,你们为什么不把自己的体型变得小一些呢?你们可以把自己变成红色的宝石,这样就能缩到碗里围在睡莲的根部喝水了。我相信你们肯定能变成非常漂亮的宝石的,我的大臣们肯定会夸赞你们说:天哪,多漂亮的宝石啊!而且看到你们的美丽他们会非常羡慕的。你们肯定会成为灿烂生辉的宝石的,闪闪发光,是一流的宝石。"

"好吧。"这些神略带疑惑地同意了,"我们试试吧。要是你真的只有这些水,这也是我们唯一能做的补救方法了。"就这样,转眼之间这些神都消失不见了,在那个水晶碗里出现了七块漂亮的宝石。

"真的是太漂亮了!"陈春满意地说道,还故意地给柏树使了个眼色,开始用了左眼,后来又用右眼使了个眼色。他大步走进卧室里,在立着的一个柜子前面停了下来,他从柜子里取出了一个用翡玉做成的瓶子,翡玉是一种略带雾色的玉。这个瓶子的口非常宽大。陈春往这个瓶子里灌了一些水进去,然后他又返回到养着睡莲的碗旁边,他迅速地把碗里的那七块宝石捞了出来,放进了这个翡玉瓶子里——最后把瓶口严密地封住了。

皇帝兴高采烈地说道:"我的城市现在得救了。我的子民们可以安全地毫无恐惧地行走在我们的国土上了。那七个海神现在在我的控制下了,请求老天爷让他们永远也不要逃出我的手掌心了。"皇帝陈春在高兴之下下令发给那些穷苦人一万斤粮食。

日复一日，年复一年地过去了很长时间。那几个海神就一直被困在那个翡玉瓶子里，快要奄奄一息了。

海水依旧拍打着跨海的城墙——只是一直没有入侵进来过。

陈春扩大了自己的领土，仍然统治着他的国家，但是对自己的子民还是心怀仁慈。他的名字在整个世界上被传诵着，不是因为他善于征战使用武力，而是因为他是一个充满智慧的统治者，人们从很遥远的地方来到陈春统治的地方，甘愿成为他的臣民受他的统治，因为陈春是世界上最英明、最仁慈的皇帝。

再后来有一些从涠洲，甚至更远的口北这些国家来的使者，他们请求与陈春结为联盟。

啊！那天是一个好日子，是历史以来最美好的一天，因为来的使者有整整一百个，而且都是血脉高贵的达官贵人。皇宫里沸腾了，成了一片欢乐的海洋，说来你也可能不相信，侍从们来来回回地跑个不停，给远方来的贵客们端茶倒水，并不断端来各式各样的美食供他们享用。

其中有一个愚蠢到家的仆人，为了寻找食物和饮料，搜遍了所有他能找到的柜子和橱子，最后他发现了陈春放在柜子里的那个布满了灰尘的翡玉瓶子。

海 神

"啊！"那个仆人高兴地嚷道，还眯缝着眼想看清瓶子里到底装的是什么东西。毫无疑问，这里面肯定装的是什么罕见的珍宝。这东西肯定是对这些高贵的官吏们——那些带着红宝石的纽扣、帽子上插着羽毛的达官贵人们，特别好的招待。摇起来会响——里面装的肯定是糖块了。于是这个愚蠢的家伙就打开了瓶塞。

这个封口被他给打开了，他真是该千刀万剐。

陈春正好走进房间看见了发生的事，就在那一刻他看得目瞪口呆，只有震惊了。

然后他忽然醒悟了过来："把那个瓶子快给我。"但是这个瓶子已经空了，只剩下可怜的几滴水了。

"他们逃跑了。"皇帝吃惊地说道。

"海神逃跑了。还好，我还有一招可以阻止他们，他们曾经发过誓说在柏树开花之前他们是不会让海水淹没我的国家的，而且在这个地方柏树是从来都不可能会开花的——绝对不可能会开花。"皇帝笑着这样说，尽管他心里满是怒火。

同时，这些海神一从瓶子里逃出来，然后就很快地穿过宫殿，向花园的方向跑去。他们非常地生气，这些魔鬼就愤怒地磨着牙，声音大得像是浪花在猛烈地拍打着海岸边的礁石。他们绝对是要采取报复行为的。

第二章 海　神

从涠洲来的使者就在皇宫的花园里安营扎寨，住在那里。他们的随身奴仆正在洗衣服，那些都是那个国家里富有的达官显贵们才会穿的。这些色彩鲜艳的衣服就被晾晒在柏树上。而且在那些魔鬼跑到花园里的时候，那些衣服刚好被晾上了。柏树看上去就是色彩鲜艳的，就像是开了花一样。

那些海神看到这一幕就迅速大喊了一声："就让海浪滚滚而来吧，让这一片土地变成一片汪洋大海吧！"

他们带着胜利的口吻高呼着。"柏树开花了，柏树开花了。"——因为他们以为那些五颜六色的衣服就是柏树开山的鲜花——"我们的诺言要到此为止了。跨海是我们的了。"

数十英尺深的海水咆哮着，愤怒的肆无忌惮地涌向跨海城，淹没了这座城市，淹没了一望无际的平原。这些海神就引领着海潮奔跑着，召唤着海水汹涌向前。

跨海城的居民就被翻滚的巨浪推着、拍打着——没有了生命的气息——被水淹死了。

在这么多的人当中可能只有一千来口人逃过了这一劫，皇帝就是成功地逃过这一场浩劫的一个。

陈春伤心地坐在大山上的一棵松树下面，悲痛欲绝，呆呆地盯着昔日繁华的城市，这里如今却变成了一片大海。

海 神

皇帝在那里呆坐了好几个小时,极度悲伤之下,他还在思考着如何能够夺回自己的国土。就在这时,那七个海神出现在了他面前,说着取笑他的话,还不停地往他的身上撒着海水。

一天,在思考了很久之后,陈春站了起来,欢欣鼓舞地大叫着:

"有办法了!我知道怎么可以重新夺回我的城市了。我现在马上就走,我要把我的计划写在纸上,趁我还清楚地记得这个伟大的计划。"

说完这番话,他走进了一个小茅草屋(现在是他的皇宫),坐在桌子前写了起来。在桌子上放着一个养着睡莲的水晶碗,而且碗里还有绿色的、蓝色的、黄色的石头。

陈春坐在那里,往羊皮纸上随便的写了一些乱七八糟的东西,但是他却一直都在观察着旁边放着的水晶碗。终于他发现在睡莲的根部出现了七颗红色的石头,这些红色的石头就是海神变的,海神是来偷看陈春写东西的,他们想知道陈春的计划是什么,这样好能够打败他。但是,这几个愚蠢的笨蛋妖怪又让自己套进了一个陷阱。因为陈春很快就把它们捞出来放进一个瓶子里,而且把瓶口给封住了防止他们逃出去。就这样他又囚禁了六个海神。第七个海神是个小家伙,陈春就把它抛向了大海里。

第二章 海 神

"滚吧,"皇帝怒吼道,"而且要把你们的海水也给我带走。收回海水,再也不要来烦我。否则我会杀了你这六个哥哥。这就是我给你的警告。"

就这样,第七个海神迅速跑掉了,而且是带着海水走的。后来,陈春又回到了跨海,重新建立了一座城市,人们从遥远的国家纷纷而来。从此以后这个城市又有很多人居住,因为那次洪水,这里的土地也变得更加肥沃。

"那六个神,六个水妖,就被装在一个玉瓶里深深地被埋了起来——或许就埋在这个花园里。"

第三章　老人智谋多

在着墨下笔之前需要事先声明的是,这个关于孟虎的故事不是讲给那些不相信预言和存在超人这些事的人听的。因为这些人听完故事后只会不屑的发出"呸"或者"嘘"的声音,而且还很有可能恶言相加说出一些伤害人的话,他们只会变得更加怀疑这个故事的真实性,对这个故事也是嗤之以鼻。这个故事只是讲给那些思想开放的人听的,只有这样的人在听完故事后才会点着头表示理解。

接下来我就要开始讲述这个关于孟虎的历史故事了。孟虎是历史上的一个聪明快乐的捣蛋鬼。

孟虎出生在平山省一个叫岔路口村的一户人家,他父

第三章 老人智谋多

亲叫豪叟,之所以把那个村子称为岔路口,是因为这个村子刚好坐落在"真慢山"的脚下(真慢意思是说:"不要太快了——山非常的陡峭"),就在孟虎出生的那天晚上,那个村子里发生了一些稀奇古怪的、看似不可能的事情。

一群从真慢山上下来的恶狼跳进了豪叟养的猪圈里,拖走了一头长满肥膘的、身上有着黑红相间的花纹的肥猪,这可是豪叟花了八十块钱买来的。一群狼拖走了一头肥猪的事情轰动了整个岔路口村。

真是一波未平一波又起,豪叟的宠物猴子——至于什么原因也许只有豪叟或者是什么神才知道,进了豪叟的鸡圈里去。就这样引起了另一场混乱,吵得岔路口村的人都从床上爬了起来。

一个小时不到,一只被当作贡品送给皇帝的老虎从笼子里逃了出来,这只老虎咆哮着、撕咬着豪叟的那头温驯的大白牛,从那天晚上,岔路口村的人就再也没有睡着过,但是,那晚的怪事也就到此结束了。

这个叫岔路口的村庄就像其他的村子一样,住着许多有着非常智慧的人——也就是能把任何事情都能解释出个一二三的人。这些人就聚集在一起,晃动着自己的胡子。他们其中有些人说道:

"这是个预言,是个兆头啊!豪叟的儿子在昨天晚上那样混乱的情况下出生，想必将来肯定会在动物的帮助下大富大贵的。在动物的帮助下，他肯定会成为一个皇帝的……至少他会当上我们这个村子里的村长之类的官。"

但是另一个智者却对说这番话的人鄙视地说道：

"你们这帮人真是井底之蛙吗？这肯定是个兆头，但绝对不是一个好兆头。豪叟的儿子将来迟早会死在动物的手里。你们就记住我说的话吧。"

后来这两伙意见不一致的智者就动手打了起来，忘了豪叟的儿子孟虎是这场架的罪魁祸首。

孟虎的父亲丢了猪、牛，还有那么多只鸡，一下子变成了一个穷光蛋。他作为过去的一个有钱人现在竟沦落到一无所有的地步。

更倒霉的是，那只老虎的主人一纸诉状把豪叟告上了衙门。那只老虎在撕扯豪叟那只该死的大白牛时受伤流血了，于是老虎的主人就状告豪叟说是牛让他的老虎受到了伤害。因为根本就无力偿还这种赔偿，豪叟被投进了大牢——幸运的是他最终捡回来了一条贱命。因为那只老虎还是被当作贡品送给了皇帝。

因为家里穷困潦倒，孟虎刚刚会走路就被卖给了一个放牧的人，这个放牧的人就立即让他开始放羊了。

孟虎的任务是看管一个羊群。每天早上天刚蒙蒙亮他就把羊群赶到满是绿草的山上去，就这样一整天地看着羊吃草，夜幕降临时他再把羊群赶回到低地的栅栏里。

这是一个非常寂寞无聊的差事。孟虎没有同伴陪着他玩耍闲聊，孤独寂寞使他备感压抑，他有时候会想，他的思想肯定会崩溃——他肯定会发疯成为神经病的。一支其他牧童用来消磨时间、驱赶寂寞的笛子对他来说都只是奢望，因为他根本就买不起。但是他必须得做点事情来打发时间啊，他一定得做点什么事情。

当他在计划思考消磨时间、娱乐自己的方法时，他忽然意识到自己的喉咙里发出了奇怪的声音。于是他张开了嘴。只听一声悠长的、令人毛骨悚然的嚎叫声响彻天际，回荡在山谷之间。这是狼的嚎叫声——但是却是从孟虎的嘴里发出的声音。这个声音来得非常自然、毫不费力：绝对是真正的狼嚎的声音。

这个男孩非常吃惊，同时，他看管的羊群也被这一吼吓了一跳。他离开羊群来到了一个僻静远离人烟的峡谷里，在这里他可以再练习一下狼嚎的声音，不至于吓到其他的生灵。

"嗷嗷嗷……"

一声长吼，紧接着又一声。

"嗷嗷嗷……"

这声音恐怖至极。任何一个狼群的头儿都会为有这样的声音而自豪的。

孟虎终于厌倦了学狼嚎叫的声音。

他就开始试着练习模仿其他动物的叫声。学牛怎么——"哞哞"地叫，又模仿报晓的公鸡的叫声——"咯咯咯"，在学老虎的叫声的时候：孟虎发觉自己在模仿老虎的声音时真的很快乐，张着血盆大口发出一阵阵怒吼真的是很过瘾，又像是痛苦之下发出的低沉的呻吟声。他发现模仿猴子各种不同的叫声是最简单不过的了，他会发出猪一样又长又尖的叫声，还会学主人的驴的叫声"咵咵咵"，他还会学着发出马的嘶鸣声。

孟虎日复一日地在深山里练习着，他不停地模仿各种动物的叫声，通常他都会把声音压得很低，以免他看管的绵羊听到他的声音受到惊吓。

孤独寂寞不再伴随着他。他现在拥有了一个比由笛子组成的超级乐队更能让人神魂颠倒的玩具。

他可以随时轮流模仿狼的嚎叫、老虎的咆哮，还会发出母鸡一样的咯咯哒哒的声音。

他几乎会模仿世界上任何一种野生动物的叫声。

一队干苦力的人在山下的路上缓慢吃力地行走着。孟虎看到这群人后就想在这些人身上找点乐子。于是他就把双手捂在嘴前面搭成了一个小喇叭的样子，然后就开始模仿饿狼的嚎叫声：

"嗷嗷……"一听到狼的嚎叫声，这群拉苦力的人就甩掉了身上背的东西，以他们最快的速度往村庄的方向逃命而去了。这些人被吓得魂都丢了，他们可不想做那只饿狼口中的美食。

他们受到的惊吓很容易地让他们的想象力大开，他们在听到狼的叫声之前就看到了那只饿狼的影子——那只狼跟皇帝的战马一样体格壮大。在他们看来，那些家里有羊群的人最好看好自己的羊。十二只羊恐怕还不够那个庞然大物的一小口。他们用手在空中比划着说——有这么大呢。

整个村子里的人都闹哄哄地兴奋起来了！村民们拿着各式各样的矛头、镰刀当作打仗用的武器一样叮叮当当准备上山打狼。

当孟虎看到有一半的村民手里拿着闪闪发光的武器浩浩荡荡向山上冲来时，他忽然明白发生了什么事情。毫无疑问，大家肯定会先审问他，你有没有看到一只狼啊？

他们肯定会这么问他的。他最好还是说，没有——他没有看到过狼，但是他可能听到了狼的嚎叫声。也许狼就躲在灌木丛里了。然后再让村民们到那里去找狼。这样他们就不会怀疑到他了。

村民终于爬上山来了，结果发现孟虎正在矮树丛里用棍子戳打着找狼呢。天哪，他们表扬了他。

"看！"村民们用赞美的口吻说道，"勇敢的孟虎正在一个人打狼呢。孟虎真是个勇敢的孩子。他就像那个拽了皇帝胡子的米哲一样大胆。英勇的孟虎就是我们岔路口村里的骄傲——我们为有这么勇敢的村民感到自豪。"

大家那么议论纷纷的说的时候，孟虎一言未发。但是当剩下他一个人的时候，他就高兴地学起驴叫声来，这真是太好玩了，太搞笑了。他竟然把岔路口村里最有智慧的人也给骗过去了。

接下来的好几天里，孟虎就模仿了好几次狼的嚎叫声，声音大的足够吓坏村民的了。他让村民们随时都气喘吁吁地爬上山来。

"嗷嗷……"就这样一声长长的嚎叫声足以让村子里的镰刀、长矛派上用场叮叮当当地响起来。

但是村民们也没有想象中那么容易上当受骗。他们自己是有眼睛的。为什么他们从来就没有看到过狼呢？他们连狼的影子都没有瞄见过。而且也没有什么狼的脚印。他们开始怀疑了起来。是不是有什么人在戏弄岔路口村里的人呢？

于是，几个身强力壮、胆子又大的人就藏在了灌木丛里，准备看个究竟。他们看到孟虎爬上了那个低地高处

第三章 老人智谋多

的一块大岩石。在那里他用手搭出了一个小喇叭,开始发出"嗷嗷……"的叫声!原来这就是那只狼啊!

"啊哦!"这些人惊讶地说道,其中一个还是孟虎放牧的羊群的主人。"啊哈。原来是你这个臭小子一直在捣鬼啊。"他们生气地向孟虎冲去,用竹板把他一阵暴打,竹板打在背上发出"嗖嗖,哧哧"的声音。

羊群的主人于是把欠孟虎的钱付给了他。并对他说道:"去吧,滚吧。看你再敢回到这个村子里,你这个小畜生!"

孟虎听到这话吓得撒腿就跑。他使劲地跑啊跑啊,跑到了一个看不见那个小山的地方。

他时不时地伤心地自言自语地嘀咕道:"老人就是聪明啊!他们说过一个动物会是我的扫帚星。他们说得真准,是一只狼毁了我的一生啊。"

在低地有一个美丽富饶的国家,漫山遍野都是成熟的庄稼,而且四处都覆盖着森林。

小孟虎来到了一个小树林的边上,他就在这里四处寻找一个可以让他过夜睡觉的床。一阵杂乱的马蹄声打乱了黑夜的沉寂。大概有二十多号人的马队冲进了他的视野。孟虎从他们的武器和虚张声势的架势中看得出是一伙强盗。他就很知趣地快速爬到了一棵树上。

那伙强盗听到声音停了下来，面面相觑地左右打量着。

这时，他们的头儿先发话了："我想我刚才看到这里有一个人，大家快找找，找到就杀了他，这周围的人可是我们凶残的敌人。哈哈哈……看远处那棵树上是个什么东西？"

孟虎似乎感觉到一把匕首正刺向他的喉咙。他吓得浑身颤抖着把树都摇动了起来。情急之中，他的智慧发挥了作用，从他的嘴里很快发出了一阵猴子的叫骂声。真是学得太像了。

那个强盗头子大笑了起来："原来是一只猴子呀！它刚才好像是在骂我们一些非常难听的话吧！哈哈哈。一只傻猴子而已。"

孟虎从树上摘下了一个成熟了的果子——猴子们都是这么摘果子的。那个果子砸在了强盗头子的眼睛上溅出了果汁。

"这个畜生可真够讨厌的！"强盗头子咒骂道，"大伙快上路吧。我们可不能跟一只烂猴子在这里浪费时间。"

强盗们骑着马向森林的深处去了，在一棵茂密的大树下下马停了下来。孟虎自以为可以打得过四十个强盗，就沿着他们走过的路跟了上来，开始偷偷观察这个营地里发

第三章 老人智谋多

生的事情。

他看到这伙强盗在分他们抢来的东西——许多金子和珠宝在燃着的篝火照耀下闪闪发光。旁边还有好几大捆上好的丝绸、锦缎,以及有着波纹的丝绸——都是些值钱的宝贝东西。孟虎的眼睛惊奇地睁得圆圆的。

他希望有一天自己也能够拥有这么多财物。但是为什么现在不能拥有它呢——为什么还要等到以后啊?想想有什么办法能把那些东西从强盗手里抢过来呢?那些值钱的东西让他变得眼花缭乱了,于是他闭上眼睛思考起来。

午夜时分,夜晚到了最寂静的时刻——也是白色的鬼魂出没的时间——就是妖魔(没有脸的鬼)出现的时候了。

忽然听到一只猴子发出了啁啾的报告有危险的疯狂的叫声。强盗头子被惊醒了,他对其他的人说道:"你们听到那个声音了么?猴子总是发出这样的报警声,当危险来临的时候,那只猴子是在向我们报警说——一只老虎就在附近,赶快上马。"

这些强盗还没有来得及跳上马,一声令人毛骨悚然的恐怖的老虎的叫声响彻了整个森林。那群马也吓得四散而逃。紧接着吓得浑身打战的强盗们也逃命跑了。三声老虎的怒吼就让那个帐篷变得空无一人了。六声怒吼就清空了整个森林。

在发出老虎的咆哮声音的同时，孟虎还找到了喘息的机会，嘀咕地说出了一句话："村子里的老人真的是远见卓识啊！他们说过一只动物可以给我带来好运的，是一只老虎啊，我是一只多么威猛的老虎啊，哈哈哈！"因为得到了这么多财宝他又高兴地发出了一阵咆哮声。

东方那片早晨的朝霞还没有退去，孟虎就把逃散了的马赶到了一起准备上路了。那些跑得太远的马他就没有再去找了。说不定啥时候那些强盗又折回来了呢，而且凭良心说，那个男孩得到的财富已经够多了，他就像一只快乐的小田鸡，高兴地蹦跳着，朝着首都长安的方向行进。

这个幸运的家伙安顿在了一个舒适豪华的旅店，而且很快把那些丝绸之类的东西卖掉换成了黄金。为了让那些商人高兴地买下自己的丝绸、珠宝之类的东西，孟虎还时不时地学各种动物的叫声来逗他们乐。他逗得那些买者乐不可支，很快他那奇特的行为，滑稽的搞怪成了长安城里人们谈论的话题。

最有势力的皇帝刘隋，最后听说了这个名声大噪的年轻人的事情，于是皇帝陛下就派了一位使者去请孟虎，命令他到皇宫前面的广场上去给大家做表演。

孟虎接到圣旨，准时出现在广场上，随身还带了一根绑老虎的绳子、一张牛皮、一张狼皮，还有一些其他的道具。

第三章 老人智谋多

他设想着自己的表演肯定会取得成功赢得大家的好评。

在他表演伊始,确实好评如潮,假扮成狼的时候,他吓跑了三个士兵。他学动物的声音如此惟妙惟肖,以至于一个农民冲到广场上来说,他认得出来,那就是他丢失的那头小牛的叫声,还问大家有没有谁能给他一根绳子可以把牛绑回去。

最奇怪的是,当他模仿出老虎的声音时,观众并没有什么反应。大家听到老虎的声音时并没有爆笑也没有尖叫。

这下子可是轮到孟虎吃惊了,难道他不是用老虎的声音把那伙强盗吓得魂飞魄散的吗?

想到这里,他又朝着一个士兵怒吼了一声,但是那个士兵只是伸了个懒腰打了个哈欠。孟虎又发出了十来次愤怒的咆哮声,他一下子跳起朝威严的皇帝刘隋扑去。

显然,孟虎仅仅是个农民的儿子。对于皇宫里的规矩他是一概不晓得。但是无知就是能做错事的借口吗?永远不可能。

孟虎应该知道无论如何他都不能朝着一国之主扑过去的,也不能用牙齿咬住皇帝的玉袍的。他这下惹怒了圣上,皇帝于是一声令下,召来了御林军的头目:"把这个不知好歹的家伙给我抓起来!关到监狱里去。在我没有想出惩罚他的合适方法之前,把他一直都给我关着。这个人罪该万死,他应该受到比斩首和火烧更严厉的惩罚。"

本来应该有美好的前程,现在孟虎只能躲在监狱的大门和锁钥之后苦思了。

他一遍又一遍地念叨着:"那些老人真是远见卓识啊!他们预言过我将来会因为动物而丢掉性命的。那个动物就是一只老虎啊,一只老虎,哎呀。"

虽然眼下的情形令人沮丧到了极点,孟虎还是抱着一丝求生的欲望。他在大脑里反复思索着各种逃生的计策。

前日,他就发现王后似乎非常喜欢一只滑稽可爱的爱叫的小狗(这个调皮的家伙,他曾经非常恶作剧地用自己的怪叫声吓唬过那只可怜的小狗)。心里想着那只小狗的时候,他忽然想到了一个可以求生的好主意。

等到哨兵刚刚换完岗的时候,孟虎就开始发出一种狗的可怜兮兮的叫声。他的叫声足以让那些哨兵可怜得为其流眼泪的。因为那叫声实在是太凄惨了。只听又有一个声音说道:"天哪,侍卫,我那只可爱的小狗被锁起来了,可是我不知道它到底被锁在了什么地方,你们快点把所有的门都给我打开。"他们都听得出来这正是皇后的声音。

于是守卫的士兵们都迅速地冲到走廊边——哐哐——把所有的门都打开了。他们都急切地想把皇后那只可爱的宠物狗放出去。

大家都听见了皇后下令打开门的声音。但是就在那个时候，皇后正坐在轿子里在几里远的地方夜行呢。也许，孟虎可以解释这件事情的神秘之处——他应该还在那里等待着。但是没有时间等了，守卫的士兵还没有来得及打开远处的门，孟虎就开始急着往外爬了，他都没有停下来对侍卫说声谢谢就跑了。侍卫们的好心没有得到好报。

他终于一步步爬到了墙边，爬到了大门附近。孟虎向长城的方向飞奔而去。夜色掩盖了他的行踪。没有人阻拦他。也没有人追他。还有一里路就可以翻过那座山了。前面就是长城了，在这之前还有一道门要过。只要过了那道门就安全了。

孟虎停下来喘了口气又跳上了马，就在他身后很远的地方出现了一道亮光，那应该是一个火把散发出来的光了——正是皇帝的一个贴身侍卫举着那个火把。他们正在追赶着什么东西——骑着皇帝赐给的快马。孟虎加快了速度，向大门的方向冲去。

孟虎很快逃出了他们的视线……大门就在前方了……可是大门是紧锁着的……大门是锁着的。哎呀！他的逃跑计划被这个厚重的大门给挡住了。

不赶快出去他肯定会被抓住的。而且他肯定会被杀头的,我的老天爷啊,哎呀!因为晚上的时候大门就要被关上。在第二天天亮之前大门是不会打开的。除非送上十麻袋的黄金,否则这门在天亮之前是打不开的。就算是皇帝的命令也不能把它打开的。

守护的门卫正在熟睡之中。

"咯咯,嘎嘎。"

门卫在他的暖和的被窝里翻了一下身。

"咯咯,嘎嘎。"

这时门卫睁开了眼睛。"天有这么晚了吗?鸡怎么开始打鸣了。"

"咯咯,嘎嘎。"

"嗨。天亮了——这只鸡可真够吵人的!"

"咯咯,嘎嘎。"

"嗯,肯定是早晨了。到了开大门的时间了,赶快把门打开好让早出的车队过去。"

"咯咯,嘎嘎。"

只听钥匙在锁孔里转动了一下。那个厚重的大门就吱吱呀呀地打开了。

急促的马蹄声嗒嗒地传了过来。

"村子里的老人们真是远见卓识啊!"孟虎低声嘀咕着说道,"他们说过将来有一天一只动物会救我一命的,是公鸡救了我的命啊!我可真是一只美丽的大公鸡啊!哈哈哈!"

他放声地大笑着,他的坐骑在宽阔的路上奔驰着。

海 神

第四章　筷子是如何诞生的

有没有比表面撒满了姜末的烤鸭更美味的食物?

世界上到底有没有什么东西——在全世界上有没有什么更美好的事情?

两只烤鸭——秦壮是这么回答的——是远远满足不了胃口的。

嗯,这是肯定的。两只烤得红彤彤的烤鸭,再加上灵果、菜叶、豆芽,还有一壶玉春茶(这是一种仅仅长在古庙的三个花园里的上等的好茶叶),——这些都加起来算是凑齐了一顿饭,再多就可能撑得吃不下了。

这些就是郑张准备的完美的无与伦比得一顿饭菜了。

第四章 筷子是如何诞生的

这就是能让秦壮大有胃口饱餐的一顿饭。

郑张是一个厨艺精湛的大厨师,而秦壮是一个胃口很大的美食家。他们两个都是老光棍了,而且两人也都算是大人物了。小个的郑张和大个的秦壮都是毫无牵挂自由自在的,两人都非常乐观,而且是同岁,四十了。

郑张不到三英尺高,是个侏儒。他比做饭用的那个柳木长柄勺仅仅高出那么一点点。他真跟武大郎一样的矮,大家都还记得武大郎吧,就是那个站在樱桃树下面连树干都够不着,站在树干上又够不着地的那个矮子。

说真的,郑张的确个子很矮——但是……他那么矮怎么能做饭当厨师呢?他长得也很丑——但是……他怎么可能会做饭呢?他用一个皮革的绳子把围裙绑在腰间——但是……他怎么可能会做饭呢?他曾经还真的教他的祖母如何做煎蛋——要知道很少有男人可以做到这一点的。

秦壮是郑张的主人。他是体格彪悍的家伙。他身高酷似豪狼——就是那个个子特别高的巨人,据说他伸一下懒腰就能让炙热的太阳烧到手臂,因为他个子太高手臂太长了。人们再也找不出能跟秦壮比身高的人了,也没有人能描述清楚秦壮到底有多高。

这么庞大的一个人肯定也有着惊人的食量。他每天都辛勤地劳动,他能够从早上公鸡的啼叫一直工作到夜晚猫头鹰开始出没的时候,那时才是他上床睡觉的时间。他是怎么吃下那么多东西的啊!他竟然能够一口气吃下四只烤鸭……他可真是能吃啊!他的声音也是雷若洪钟,声音大的足以把郑张烤炉上放的锅给震起来。直到没有什么可以吃的了他才停止不再吃了。

秦壮经常夸赞郑张的厨艺高超。他这样对郑张说:"郑张啊,这个烤鸭的皮都烤得晶莹透明啊。如果我是皇帝,你是我的厨子,我一定要让你当广亭的巡抚,因为广亭那个地方的鸭子是长得最好的。"

听到这样的话,郑张会说:"开明仁慈的主人啊,谢谢你的大恩大德。我实在是不敢当啊,因为我的厨艺还是不够好。"

在吃完一只烤鸭的时候,秦壮会这样说:"郑张,这只烤得上好的烤鸭给我增加了新的能量,让我精神抖擞啊!再让我吃上一口,或者两口吧,我想我就有足够的力量征服整个世界了!"

郑张这个时候往往会说:"主人您过奖了!我还要继续努力啊!"

一天,秦壮吃完郑张做的烤鸭,他忽然感觉自己力大无比,感觉胆子也壮了许多,也许是因为还喝了一口叫作"三苏"的东西(那是一种装在瓶子里像火一样烈和疯狂的饮料），秦壮就出去求婚了。

在有人喊出"张王李赵"之前，一个名作李款的美女就答应嫁做秦壮的新娘了。但是这个未来的新郎官，这个曾经一直以为单身汉的生活是最好的生活的人，现在却很快地改变了自己的生活主张，而且声称所有的单身汉都应该放在发臭的黄豆油里炸一下，用作照明的蜡烛。毫无疑问，他这样说也是有道理的。

主人又对厨子发话了："郑张，你怎么看不到我给你树立的好榜样啊，你应该把我当作一个好榜样，赶快给自己娶个媳妇吧！有个叫胖子的女人，身材特别丰满，而且家里还特别有钱。你何不就跟胖子结婚呢？"

于是郑张就答应了，说道："太好了，尊敬的主人；我就按照您吩咐的做！"他娶了那个胖子。

既然秦壮和郑张都结了婚成了家，这两个老单身汉也就成了丈夫，他们的生活都发生了彻底改变。

因为婚姻是个最奇妙的东西。婚姻能让有的男人发财过上好日子；婚姻也能让一些男人的生活越来越差。

婚礼的钟声是有两种不同声音的。一种声音是预示着美好的开始；另一种声音却预示着倒霉的降临。

就拿秦壮的例子来说吧。他老婆就是家里一点钱都没有。但是她的一个表弟是皇家军队里的将军。一天，这个做将军的表弟就骑着一头漂亮的驴子，身上佩戴着两把威武的刀剑，来拜访他的姐姐和姐夫。他在饭桌上尝了一口烤鸭（提醒一下，烤鸭是郑张做的），立刻就对秦壮这个姐夫产生了好感。他以为这真是一个热情好客的主人，而且绝对是一个好人。虽然他的想法是错的（因为烤鸭是郑张做的）。

秦壮很快被邀请加入了战无不胜的皇家御林军，他当上了将军。人们还没有来得及说出"张王李赵"的时候，他带领的军队就打赢了一场战争……就在那个时候，国王刚好驾崩了，秦壮就被推举上了宝座。现在他坐在了宝座上——成了一个皇帝。皇帝秦壮万岁！

接下来我们再看一下郑张，那个厨子。他非常地怕老婆，不是一般的害怕。他老婆还没有喊出他的名字"张"他就吓得像果冻一样颤抖起来，摔倒在皇帝走过的路上。

他老婆要是叫出了他的全名"郑张"，他都能吓得直接跌倒在地板上。经常是他老婆喊他的名字"张"，正是这个可怜的家伙在给烤炉上的烤鸭上作料的时候。听到老婆喊他的名字，他就吓得哆嗦，要么不是放多了盐就是放多了咖喱或者姜末，那顿饭就算是搞砸了。经常要扔掉十几只烤鸭后他才能完成一顿真正美味的饭菜。当然了，他得自己掏腰包来弥补这些损失。几乎是别人还没有来得及说出"张王李赵"之前，可怜的郑张就变成了一个叫花子。幸

第四章 筷子是如何诞生的

运的是他的工资在秦壮当上皇帝后也随着涨了上去。

命运真是太会开玩笑了！它总是让人的命运轮回着。一般爬得最高的总会跌倒最低处。更奇怪的是，一个向来都生活在社会底层的人——竟然一下子爬到了社会的最高层。过去横行一时的人现在只能吃起馅饼来了。过去只能坐在地上的人现在做到了皇帝的宝座上，端着蛋壳般晶莹透亮的陶制茶杯喝着上好的茶叶玉春，还吃着燕窝。郑张生活在社会的最底层，但是命运给了他一个翻身的机会。

郑张的老婆去拜访她的三个哥哥，他们在宁波开着大仓库。郑张差点丢掉精湛的厨艺，这次他又能运作自如地做烤鸭了。抓一把这个调料，再放一点另一种调料，然后放一些其他的东西，郑张做烤鸭的样子看上去好像他从来就没有做过似的。他给皇帝秦壮做的这份烤鸭真是太……太……虽然人类的语言里有无数的句子，但是没有哪一句话或者哪一个词能够形容得出郑张给他的皇帝秦壮做的这份烤鸭。壮观、美味、完美——这些词还是太弱了，还是表达不出来那份烤鸭的味道。不管用什么来形容了！这只烤鸭就是无法形容的可口了。但是，天哪，这份烤鸭真的是太好吃了！皇帝一口气吃掉了半只烤鸭。那半只烤鸭对他来说或许只是很小的一口。他的眼睛直直勾勾地盯着那个大盘子。他既没有评价说"好"，也没有说"不好"。

郑张就在旁边徘徊着等着接受赞美的话语，他自我感觉是应该表扬他的。但是这次赞美真是姗姗来迟。这个厨子就开始在脑子里胡思乱想了，越想越害怕，担心自己是不是放了太多的胡椒面。吓得颤抖了一下，又是一阵哆嗦。难道他要被杀头？他这是罪该万死。

皇帝秦壮终于放下了刀子，一会儿又把叉子放到了旁边。他抬起眼皮，双眼直勾勾地盯着郑张，他盯了足足有一分钟。然后又带着审问的口气问道："郑张，这烤鸭是你做的吗？"

可怜的郑张啊，他的双腿哆嗦着，膝盖都跪下去有三次了。"回陛下，恳求宽厚仁慈的陛下饶了小人吧，那只烤鸭是小人做的。是小人我，郑张一个人的罪过。请求陛下您的饶恕。"他似乎感觉到屠夫的大刀就架在自己的脖子上。

皇帝陛下又是紧紧地盯了他一分钟。然后他说道："是你做的，真的是你做的？好吧，我要给出的评价是这样的。那个能做出这么好吃的烤鸭的人应该来当皇帝。我敢对天发誓，我若有一句假话就让长着獠牙的短尾巴龙给人间带来饥荒，我要让你登上皇帝的宝座。我要让位于你，让你来代替我统治这个国家。请起吧，皇帝郑张，你是这个宇宙的统治者——还是世界上能做出美味烤鸭的最好的厨师。"

郑张的老婆一听说他那个不起眼的老公交上好运的消

第四章 筷子是如何诞生的

息，就兴冲冲地赶到皇宫里去了。同时还没有忘了带着她那三个哥哥一起去，心里想着现在当上了皇帝的郑张肯定能安排他们坐上高位。如果他不让他们当大官的话，她也会安排他们的。她几乎把事情的每个细节都考虑到了。一个哥哥就来当管理皇家所有财富的总管家，这个想法真是太聪明了，这样他的钱就会最多了；另一个哥哥就来当宫廷的总管好了；三哥哥就来当皇家御林军的将军好了。

吃早饭的时候，大哥哥提出了他的想法。"天哪！"皇帝郑张说道，"我不能让你来当财富的管家。我已经安排了一个没有长手的人来做这个职位了。"

"那好吧，那你给我留了什么好位置吗？"

"给你啊？让我来想想。你可以做我们驻好昌国的大使。"（好昌国事实上是在美洲的一个遥远的国家）

"真的吗？"皇后的哥哥极其愤怒地大声嚷道，他抓起吃饭用的刀子就向皇帝刺了过去……就差那么一寸的距离就要皇帝的命了。

皇帝陛下对这种毫无尊卑上下的行为甚是生气，这种事放到谁身上都会生气的！

"我要把你的大哥拉出去砍头。"他对皇后说道。

"你敢？"皇后生气的反问道，"你要敢我就打你。"

这件事情就这样算是过去了。他个子太矮小了，而她长的又是虎背熊腰的,他也没有把皇后的大哥砍头。

在吃午饭的时候,皇后的二哥就用一种随意的口气说道:"今天是个了不起的日子,大家说是吧?我要是能被提名做宫廷的总管的话就是再好不过的事情了。"

"你?做总管啊?我已经任命秦强做宫廷的总管了。你做个治安的巡逻官还差不多——"

"你说什么?"这个自以为是将来的总管的哥哥毫不掩饰自己的怒火,大声吼道。他生气地抓起叉子就朝皇帝身上砸去。幸运的是,他脚下的一块垫子刚好滑了他一脚。他的叉子只是把地板划了一个大口子。就这样皇帝才免受伤害。

尽管没有受伤,皇帝本人还是非常生气,当然了对这样的事情生气也是他做皇帝的权力。他怒气冲冲地对皇后说道:"我要把你的哥哥——"

一句话还没有说完皇后就打断了他:"你要是敢,我就打死你。"她可是真的想打他的。皇帝一下子吓得爬到宝座底下去了。他的大臣们都被关在了门外,侍卫们的刀剑都磨得锃亮。

晚饭还没有正式开始,皇后最小的长着满身肌肉的庄稼汉哥哥就对皇帝说,他已经买好了制服,明天就准备接管皇家军队了。听到这话皇帝吓了一跳。"就你能来统领我的军队?哈哈,算了吧。我打算让你来做阴云那个地方的首领呢。"(阴云那个地方坐船过去都有两万里路的距离。)

"真的吗?"皇后那个体格彪悍的哥哥大声吼道。他顺手抓起喝汤用的勺子,身体从桌子上侧过来就准备用那个勺子打皇帝,只听到"嗖"的一声,他用尽全身的力气砸了过去。

真得感谢那个做了这个饭桌的人,幸亏他把这个饭桌做得这么宽大。皇后最小的哥哥才没能把手从桌子的那一头伸到这头来。他准备用来杀人的勺子只是从皇帝的胡子边上擦了过去。他的这种行为实在是太残暴了,他应该受到最严厉的惩罚,虽然他的行为没有造成实际的伤害,关键是这个行为侮辱了皇帝的尊严。但是这次高高在上的皇帝对这个谋杀犯一句话也不敢说了。他想象着他老婆很有可能会抓起什么东西打他了。结果,他嘉奖了皇后最小的哥哥,任命他为皇家火药工厂的厂长,而且还在工厂里给他安置一个家。

这三次谋杀未果的事件让郑张的神经处于高度紧张害怕的状态。吃早饭的时候,他一眼都不敢再看刀子,一看就浑身打哆嗦。坐下吃午饭的时候,每次他只要一碰到叉子就感觉全身刺骨的冷。吃晚饭的时候,因为有勺子他几乎一口饭都吃不下。只要瞥一眼汤勺他都能吓得大声惨叫。

于是皇帝郑张做了一件甚是两全其美的事情。他下令禁止在饭桌上使用刀子、叉子、汤勺。他用一种安全的、两根非常细致的小小的木棍来吃米饭和烤鸭。这样的棍子看上去一点儿都不会让他感到恐惧不舒服。这样的木棍不可能伤害到人。

这两根皇帝郑张用过的小木棍后来被叫作筷子,筷就是"好"的意思。

很自然的,皇帝郑张统治的国土上的人民很快都开始使用这种叫作筷子的东西来吃饭,他们希望自己的做法跟皇帝是一样的,人们都喜欢这样做。一开始的时候,用筷子是件非常流行的事情,再到后来用筷子就变得非常普遍了。人人都用上了筷子。

因此,直到今天大家都还记得郑张,不是因为他做的烤鸭(当然那个也很重要的,因为烤鸭为他赢得了皇位),而是因为他发明了木质的,而且是纯木头做的筷子。

第五章　买个儿子回家

王氏破茶碗大街就坐落在七个小偷市场和那个狭长的码头之间，在那个狭长的码头上经常停靠着从世界各地来的轮船（听说有的船甚至是从月球上来的），这些轮船就在这里卸载各式各样的货物。这里的场景实在是太平常了，看到一次凤凰开屏的样子就能在当地人中间引起极大的轰动。尽管如此，这里的人们还是长着一双可以观看世界的眼睛，长着一对能听声音的耳朵。时不时地还能有什么奇怪事物让他们开开眼界，让他们的耳朵为之一竖。最奇怪、最荒唐的事情总能引起他们的注意。

这里就举一个例子，故事说的是关于一个叫温父的流浪乞丐。

　　一天，温父肩上背着一大捆竹条，走在王氏破茶碗大街上，嘴里还一边大声地吆喝着："来买了，来买了，有没有哪个年轻人想买个爸爸的，快来看看了。"

　　听到这样另类的叫卖声，大家都哄笑着围了过来看热闹。

　　"本人，温父，打算把自己卖给任何想买个父亲的年轻人来当爸爸，只需要五元钱。"

　　围观的人越来越多，大家的笑声也响亮了起来。"有没有人想买我这么好的一个爸爸的？要是孤儿想买的话，只需要掏一元钱就行，我将会成为我儿子最好的爸爸。我保证每天会打他两次。他每挣一百元钱只需要交给我九十九元就可以了，他可以留下一元钱来自己用。我会让他睡在床边上暖和的炉火旁。来来，年轻人，快来买了，快来买了。"

　　开商店的人都丢下自己的店铺不管来围观发生了什么事情，他们是专门来嘲笑温父的，说着一些不着边际的讽刺的话。

　　"是呀，"他们都这么说着，"这是我们很长时间以来见到的一个最古怪的家伙了。他肯定以为我们这里的年轻人都像那个在一月份的大雪地里用手刨雪，寻找李子吃的叫高痴的人一样傻呵！哈哈哈，大家见过有比这个更可笑的事情吗？

他竟然说自己会当一个好爸爸。确实是个好爸爸。"

一大群的男孩子围拢了过来打算逗一逗这个滑稽的乞丐玩。

"嗨,尊敬的父亲——这是五块钱,我现在就是您听话的乖儿子了。"

一个穿着打扮看上去很富有的小孩掏出了一把钱来给温父。但是当温父准备伸手拿钱的时候,这个男孩又把手掌迅速合上很快跑开了,紧跟着一阵似乎很是满意的哄笑声。这个贪婪的乞丐追着扑向那个小孩,他破烂的衣服就像稻草人身上的破布条一样忽闪着。

这时,一个围观者伸出脚绊了他一下。这个老人一个趔趄,摔了个跟头,掉进了深深的黑泥塘里。随后围观的人又渐渐围拢了过来,饶有兴趣的准备看一个只有一条腿的驼背的和一个黑皮肤的没有胳膊的人打架。

后来,一个叫阿朱的孤儿走近温父,准备帮他一把把他拉起来,这一拉不要紧,可惜一下子把这个乞丐的破烂衣服给撕破了。这时刚好一个满载着货物的驴车要从这里经过。"嗨!好人,你就快点起来吧,"阿朱大声喊着,又拉了他一把,"这群驴子会把你的肉从骨头上踩下来的,快点起来吧!"

"你愿意买我去当你的爸爸吗?"

"肯定愿意。快试试能不能站起来吧。"

阿朱又使尽吃奶的力气拉了他一把，这个老乞丐就顺势挪动了一下小腿算是帮了一把力吧。这两个人摇摇晃晃地站起来闪到一边，就差一点就被那个驴车从身上碾过去了。

"我们去哪里啊——爸爸——你的家在哪里？"阿朱问道。

"在奶牛丢失了牛角的地方的一条街上，"温父回答说，"不要走得这么快，儿子，再这么快我就打你了。"

温父家的房子真是"奢华"到了极点。他家的墙壁上有十几头山羊都能来回蹦过去的大洞。房顶是用茅草做成的，只是茅草放的太稀薄了，就连雨神都嘲笑它，晚上透过茅草能看到天空中一闪一闪的星星。房间里也没有睡觉的炕，没有吃饭的桌子，坐的椅子都没有。至于家具嘛！倒是有一堆黄豆的秆子放在墙角里，还有十几块砖头堆放在另一个墙角，在一个墙边立着一个橱柜——这就是温父房间里的摆设了。

温父一屁股坐在天然的土地板上开始吩咐阿朱了。

"我的儿子，"这个乞丐开口道，"这就是你将来的家了——这家相当的不错吧。这里就是你的家了——这里的家具也都算是挺值钱的吧。但是我得警告你，我可是很难伺候的。我的儿子必须得像秦赤一样勤快，像魏生一样忠心耿耿，还得像孟虎一样勇敢，忠诚和诚实是我的儿子必须得拥有的品质。你不能提出任何疑问，只需要按照我说的去做。否则，我会狠狠地打你，再把你扔到大街上去……现在去把柜子打开给我拿一把茅草来。"

阿朱听话地给他拿来了一把。他的新爸爸继续说道："用这把茅草编成一双草鞋。动作麻利点！最好在我回来之前把活干完了。把你身上的钱都给我，我好去买些吃的回来。"阿朱顺从地把他的小钱包给了他爸爸。然后他的小手就开始熟练地忙活了起来，开始编草鞋了。

过了没有几分钟温父就回来了。他一下子就气得脸色铁青。声音也提高了八度："什么？你这个傻子。你还没有编完啊？好吧，没有编完这双草鞋你就不准吃饭。"

训完这一通话，他就放下了一个银质的盘子开始吃起饭来。盘子里放着一只烤鸭，还有一些芹菜、茶叶蛋、米饭、豆芽、腌的酸白菜、杏仁、大蒜，还有许多其他同样好的菜。温父嘴里的牙齿不停地嚼着。每过几秒钟他就咂巴一下嘴发出满意的声音。阿朱还在一边编织着草鞋。

阿朱还没有完成自己的工作，可是那个银盘子早就被一扫而空了。终于完成了，"爸爸，给你草鞋，希望你会喜欢。"温父盯着看了一下说道："编的是不怎么好。也许干的时间长了，你也就学好了。到柜子里去找一下，拿一块豆饼吃饭吧。"阿朱把柜子翻了个遍，终于找到了一块又小又硬又干的豆饼。"过来，掰给我一半，"这个古怪的父亲命令道，"我还饿着呢。"

这个老家伙至少掰走了那块豆饼的四分之三——其实那块豆饼本来就是老鼠啃剩下的一点儿。然后他穿上那双新的草鞋，拿起那个银盘子，就走了。"不要出去，"他警告阿朱说，"待在这里看家，不要让小偷来偷走了东西。"随后关上门出去了。真是难以想象怎么可能会有小偷到这个家里来偷东西。尽管如此，阿朱还是寸步不离家地待着，那个晚上接下来的那个白天和晚上他都老老实实的没有出门。

第二天晚上的时候有三个人来到了他们家门前，试图把门打开进去，嘴里还说着这家人肯定有金子。阿朱毫不犹豫地拿起一个大棒一阵挥舞，就把那三个人在关键时刻给打趴下了。这三个人只好一瘸一拐地惨叫着，双手抱着脑袋，就像是得了脑袋疼的毛病一样（就像是头疼得很厉害）。

温父终于在第二天回来了。他问了阿朱很多问题，阿朱也逐一回答了。但是这个男孩没有询问温父头上为什么包扎着一个绷带。最后温父打开了他的小包掏出了一些食物。他跟自己的儿子一起分享了这些食物——但是这次他自己只吃了很少一点儿，这次阿朱是吃饱了。

吃完饭后，乞丐又打开了他的包从里面掏出了一件小孩穿的衣服。"把这件衣服穿上,儿子!穿上这件衣服会让你看上去小好几岁。而我呢,看着自己的儿子这么小,这么年轻,我也会感觉自己年轻了好几岁,就像是自己还是年轻力壮的人一样了——至少年轻十岁吧!"阿朱听话地按照他说的做了。他很快地穿上了这件小衣服。"阿朱,走,我们现在出去散步。再给你个小葫芦挂在身上。"

他们走到了大街上。还没有走到十步,周围就围了一圈的人。那些人戏弄着他们,一阵嘲笑的声音。

"哈哈哈。原来是乞丐和他的小儿子呀!这个婴儿真是好可爱哦!爸爸,你的小婴儿开始长牙了吗?"阿朱拿着他那只发出咔嗒咔嗒声的小葫芦,竭力不让自己脸红。温父对他们毫不理会继续闲逛着。当他们走到七个小偷市场时,所有的店主们都紧紧地看着自己的摊子,就像是防着强盗一样防着他们。

再回到家的时候,温父掏出了更多的食物让阿朱来吃。然后他把双手捂在耳朵边立成杯子的形状像是在仔细听什么声音。"我想我刚才听到有人在叫我的名字。现在又开始叫了一声。"他迅速冲了出去。跑到门口的时候一个袋子从他的腰上掉了下来。这个袋子掉在地上散开了,从里面滚出了许多宝石和珍珠,至少有十根金条那么值钱。阿朱赶快叫他的爸爸,但是没有听到回答,他很快把这些值钱东西装起来，并藏到了一个地方。

夜幕降临了，但是爸爸还没有回到家里。月亮都上来一个多小时的时候，忽然听到了一个声音，阿朱警觉地站了起来。难道是小偷吗？就让他们进来好了！这个男孩似乎很是期待这样的拜访。因为他手头上已经准备好了一根又粗又结实的木棍，还有一壶滚烫的开水……在没有角的奶牛这条街上很少有谋杀案的。那天晚上阿朱吃了好多让他非常有力气。虽然他身上穿着婴儿的衣服，但是他的胳膊看上去可不像婴儿的胳膊那么羸弱。只听到传来一阵号叫声。

老温父看到那袋子宝石和珍珠的时候只是嘴里随便咕哝了几句。数了一下，他说道："我想应该是有五十个大的珍珠的。"然后他就直直地盯着阿朱。如果他看到阿朱会内疚脸红的话，那他可就大失所望了。

"爸爸，我没有数有多少个。我把我看到找到的那些都装在这个袋子里了。"那个老乞丐只是哼了一声。"那么——这个就是丢失了的那个了……但是也许应该是五十一个的。再到门外去找找看。你可能还能再找到一个。"

阿朱弯着腰把地上找了个遍也没有看到什么，鼻子忽然闻到了什么气味。等他直起腰来的时候，看到温父从房间里跑了出来，还没有来得及喊"失火了！"大火的火焰就像是从龙的嘴里吐出的火舌一样猛烈地在墙壁上燃烧着。那

第五章 买个儿子回家

个老乞丐在地上转圈跑着，嘴里喊道："现在我该用什么来砸核桃吃啊？用什么啊？天啊。唉！阿朱，好儿子，你快进去把放在地板东北角上那块砖头给我拿出来，砖头！砖头！"阿朱心里想着他爸爸真是太奇怪了，怎么会把一块砖头当作宝贝呢。但是不管奇怪不奇怪了，命令就是命令——是要服从的。他用衣服袖子遮着脸，冲进了房间。一把带火的茅草落在了他的身上。浓浓的烟熏黑了他的双眼，还熏着他的嗓子，让他无法呼吸。他还是径直冲了进去向最远的那个墙角跑去。停下拿上砖，又迅速地冲出房间，冲到门外他就安全了。阿朱的任务终于完成了，他把那块砖交到了他爸爸的手里……一块毫无价值的黄色的砖头……还是一个有缺口带着裂纹的砖。就为了这样一块砖他差点把命给搭上了。

温父一句表扬的话都没有对他说，他几乎连看都没有看阿朱一眼，可能只有最细心的人会发现他的嘴唇曾经颤抖了好几下。最后，他说道："我的儿子，我还有一个差事得让你去干，干完了你就可以休息了！你看——我用来系裤子的那根裤腰带给弄丢了。你现在到我们的皇帝那里问陛下要一根旧的裤腰带给我。你就告诉皇帝说你是来借一根裤腰带给那个叫温父的乞丐的。"

阿朱就这样心事重重地向皇宫的方向赶去。他有充分的理由认为，他这个要一根裤腰带的无理要求肯定不会得逞，他可能只会得到让他去上吊的绳子……而且温父也难逃一死了。

阿朱赶到的时候，刚好是皇帝单铁豪在公共场合跟平民百姓见面的时候。任何一个公民都可以接近皇帝的宝座。

阿朱跪在陛下的面前紧张地颤抖着，杨树的叶子都没有像他这样颤抖得厉害。终于他结结巴巴地道出了他来此的真正目的。说出他的要求的时候，他的头一直紧贴着地，没有敢抬起来过。

最奇怪的是，皇帝并没有传令给刽子手来杀他的头。相反，他笑着说："我的儿子，不可能了。我不会给你的温父一根缎带的，因为他已经不存在了，但是我会给你许多的缎带，还有一些华丽好看的衣服。但是你必须知道一件事，因为我本人没有子嗣来继承皇位，我就把自己打扮成一个乞丐，徘徊在大街上为自己找一个像孟虎一样勇敢、像秦赤一样勤快、像魏生一样忠诚的儿子，就这样我找到了你。从此你不再是那个孤儿阿朱了，从今往后你就是列史——一个英雄——是单铁豪的宝贝儿子，是皇帝！"

第六章　四个将军的故事

太子昌向他的国王父亲请愿道:"我敬爱的父王,请允许我游历我们的王国。这样我会知道我们的臣民是如何生活的,记录下他们对我们的统治满意和不满意的地方。这样我就可以做好充分的准备来继承王位了。"

皇帝点头同意了:"你的计划非常好,我的儿子!我马上下令在皇家马车上装上新的黄金做的轮胎,还要召集十支精锐部队保护着你。"

但是太子不愿意听从这样的安排。"不,父王,我的意思是我化装成平民独自游历!我不要什么马车,给我一根拐杖来当我的通行工具就好了。我也不要什么军队来保护我，我只要这么一根棍子来保护我就够了。"

这样让皇帝非常地担心，而且太子在征得了最后的同意之前也是做了大量的近乎辩论的工作。"那就按照你的愿望去做吧，我唯一的、最亲爱的儿子，"皇帝勉强答应道，"那就全靠你自己来照顾自己了。现在所有省份暴乱活动都十分猖獗。去吧，但愿你的拐杖能像孙悟空的金箍棒一样有魔力，能够保护你。"

"再见，敬爱的父王。"

"再见，我亲爱的儿子。"

现在要提醒大家的是，太子昌可不是什么长着花白胡子的老人。从年龄上来算，他不过是个十三岁的小孩子。毕竟是一个小孩，难道他想家的念头就没有拖住他远行的脚步？难道他就没有准备好一块手绢来擦拭眼泪？

他一口气走完了二十里地。这时他就开始设想了，也许现在走过的这么长的路已经算是远行了吧！他很快走到了湖北的森林边界。在森林的边上他停了下来。森林看上去阴森森的……太阴暗了。狼在森林里发出"嗷嗷嗷"的嚎叫声（意思是我们饿了）。就拿着这么一根毫无用处的木棍就敢走进湖北的这片森林吗？"嗷嗷嗷"，狼群还在嚎叫着。

正在太子转过身朝着家的方向时，只听一个似乎很是快乐的声音跟他打招呼。"嗨。小兄弟，很高兴你来到这

第六章 四个将军的故事

里。告诉我,我的小提琴拉的调子对不对?"

一个滑稽的家伙从一个树桩子上跳了下来,开始拉起了小提琴,太子昌惊奇地看着他。"嗯呀。嗯呀。"

"听起来怎么样,小兄弟?"

"我敢说——"但是这个小提琴手并没有等他做出什么回答。他胳膊弯成弓形垂了下来,双腿来回摇荡着,开始解释这首曲子是什么——"一个乞丐请皇帝吃饭!"

这首歌听上去很傻。但是太子昌认为他以前从来没有听到过或者见到过有这一半搞笑的事情。他笑得很多,就好像他需要更多的笑声。真是一个滑稽的乞丐,他竟能玩得这么开心,唱出这么有意思的歌来。

从进入湖北的森林直到走出这片森林,看着这个小乞丐一直蹦蹦跳跳地唱着,太子昌一路上笑声不断。根本就没有什么狼出现过。所谓想家也是过去的事情了——忘了想家了。

"让我给你一个铜板吧,快乐的陌生人。"在他们走到一个岔路口时,太子昌对那个小乞丐说道。

"现在不用了!"拿着小提琴的乞丐说道,"我觉得你现在比我还穷!"

"真的吗?"太子笑着说,"等我当上皇帝的时候(他忘了自己现在的身份),我将要重重地报答你。"

"哈哈!"小乞丐尖声叫着说,"等你当上皇帝啊!好吧,那就等你当上皇帝的时候,我就会接受你的回报。就让我当你的军队里的一个将军吧!"

"好,一言为定!"太子答应了,"请问您的尊姓大名?""免贵姓唐——就叫我拉提琴的唐吧!再见吧,我的小皇帝,我青梅竹马的小皇帝。"就这样他们两个人愉快地在此分别了。

令人伤心的事真是不愿提前啊!

太子昌的快乐只是持续了很短的一段时间。一伙强盗从路边跳了出来包围了他,他们毫无怜悯地使劲用拳头暴打了他——而且是那一伙人同时上去打的。他们抢走了他的拐杖棍子、他的衣服,还有挂在他脖子上装钱的小袋子。他们就把他扔到了路上让他自生自灭了。

这是他的旅途中一个令人遗憾的经历。

过了没有多长时间,碰巧的是出现了另一个过路者,而且是个心肠特别好的人。他救活了太子昌并把他背到了一个小村庄。在那里,那个好心人给他准备了食物还有穿的衣服,还对太子昌说:"还有什么需要尽管吩咐。"

太子昌非常感激他。"我怎么才能回报你呢?"

"呀呀,呸,"(不需要什么回报)那个人说道,"区区小事一桩。不就是一点吃的吗?也不过是一件小衣服而已。

第六章 四个将军的故事

而且,你要知道我可是个裁缝呢,跟我的下一个顾客多收点钱就行了。'裁缝就是无赖'你听说过这个谚语吧!"

"我可不相信这种说法,"太子昌说道,"等我当上皇帝的时候——"(他又一次忘了自己是谁了)

"哈哈哈!"裁缝大笑了起来,"等你当上皇帝啊!哈哈!那好吧,等你当上皇帝你再报答我吧。你可以让我当你的军队里的一个将军!"

"一言为定,"太子昌答应了,"请问您贵姓?""免贵姓王。就叫我王裁缝好了。祝你好运,我未来的皇帝。"就这样他们愉快地分手了——每个人都笑得非常开心。

太子昌继续他的旅途。整整三天了他没有看到一个活人,也没有碰到什么可以住的地方。

第三天快要结束的时候,他已经非常虚弱了,饿得都快站不稳了。他的拐杖承受不了他的体重,也被压断了,于是他就直接躺在了路边上,就这样等死了。他也没有死在那里,因为刚好有一个牧羊人赶着一群山羊和绵羊经过这里。这个牧羊人看到了太子昌,发现他已经奄奄一息了!很显然是饥饿快要夺走他的生命了。这个行动敏捷的家伙迅速地把太子昌放到了他的肩上,把他扛到了一个山洞里。山洞的墙壁上挂着一个装满了羊奶的皮囊。那里还有奶酪。那人喂太子昌喝了一点点奶——一开始的时候只能喝一点够湿润一下他的喉咙就行了。等到力量恢复了的时候,他开始贪婪地大口喝了起来,竟然喝光了一个羊皮囊。随着他喝光的瓶子越来越多,他也越加感谢那个牧羊人。

"你是我的救命恩人,帮了我的大忙,"太子昌说道,"要是我有钱我就——"

"呀呀,呸,"那个牧羊人连忙打断了他的话,"区区小事不足挂齿,我请你喝奶的时候,可没有想过要你的报答。"

"话虽如此,"太子昌坚持说道,"等我当上了皇帝——"牧羊人压低嗓音哄笑了一声。"哈哈哈。等你当上皇帝啊。你这个家伙可真是有意思!那好吧,等你当上了皇帝你再报答我吧。就让我当你的军队里的一个将军吧。哈哈哈。"

"我说到做到,一定。"太子断然说道,"请问您的尊姓大名?""你问我的贱名啊?人们都叫我芒——芒放羊的。别忘了,再给你随身带上一些吃的,因为离这里最近的人家也有三十里地远呢。把这些奶酪带上吧——祝你好运,我的在流浪的路上的皇帝!"

因为带的东西太多了,太子昌在翻过那座山的时候步行缓慢。他正准备开始认真考虑要不要扔掉一些奶酪的时候,他听到有一小队士兵在他身后咔嗒咔嗒的走来。

第六章 四个将军的故事

"太幸运了!"太子昌心想,"我父亲的士兵来了。他们可以让我骑在马上驮我到下一个村庄了。"但是那队士兵喝止了他:"你是谁啊,怎么会到这里来的?"那些人面带怒容野蛮地质问道。太子吓得结结巴巴地答道:"人们有时候叫我强——"这个名字真是太不吉利了,因为强刚好是当地的一个强盗的名字。士兵们紧皱着的眉头舒展成了笑容(因为可以拿到回扣了)。

那个队长问道:"你就是强啊,你是不是刚从一个穷人那里抢来了一件新衣服和一个奶酪啊?来把他的头砍了,勇士们!"太子昌这才发现乱套了。只能假装勇敢一点看能否逃过这一劫了。

他就换上了一副严肃的表情,大声呵斥道:"大胆毛贼,你们竟敢杀一个手无寸铁的无辜人?难道你们不知道我就是太子昌,你们尊贵的皇帝的儿子吗?"那个队长顿时大笑着弯下了腰,笑声里满是嘲笑和侮辱。

"太子殿下您是不是太小了点啊。我刚好听说我们皇帝阆氏最大的儿子才不过两岁。勇士们,上啊,把他给我砍了。"

这个残酷的事实就这么简单地摆在了太子昌的面前。他在流浪的路上已经步出了国界,这里不是他父亲的王国了。他现在是在一个邻国,这个国家刚好又是一个野蛮的国家。

士兵们的刀剑已经举了起来准备砍下去,就在这个千钧一发的时候,只听到嗖的一声,飞来了一支箭。接着很快又飞来一支,接着又一支。每支箭都找到了箭靶,因为每飞来一支箭就有一个士兵倒下了。其余的士兵用脚跟使劲地踢着马,仓皇逃跑了。

　　这时,一个结实健壮的年轻人从松树林里跳了出来。"你最好赶快跑吧,"年轻人对太子昌说道,"我们国家的国界在你身后一里远的地方。"

　　"我衷心地感谢你,"太子昌说道,"我会重重地报答你的,当我——"

　　"当你当上皇帝是吧?"年轻人替他说完了那句话,"我听到你这么跟那群士兵说了,当时还想你可是真大胆呢!好吧!当你当上皇帝就让我当将军吧,那就是对我最大的回报了。"

　　"一言为定,"太子坚定地答应了,"请问英雄大名?"

　　"名字啊?哦,你就称呼我郎吧。平凡的射手郎。现在你必须得走了,因为会有更多的士兵要来的,而且我的箭也剩的不多了。"

　　太子昌从旅途中回来,没有过多久,皇帝就得病驾崩了。很快皇冠戴到了太子昌的头上,他当上了皇帝,所有的人都燃起了蜡开木,高呼着:"万岁!"几乎是接下来的一句

第六章 四个将军的故事

话他们就喊道:"有刺客!"(有敌人!)一个敌人正沿着姑苏前进。新上任的皇帝还没有把皇位坐稳就发现有必要尽快组织一支军队了。那些老部队存在两个重要的问题:一是军队人员个子都太矮小,二是他的军队里的将军比弓箭手还要多。当然了,将军是从来都不参战的。他们除了制订作战计划外其余的什么都不做——他们的计划也无非是午饭吃什么,皇帝下次接见他们的时候该穿什么衣服佩带哪把剑。尽管如此皇帝昌还是给他的军队增加了更多的将军。

皇帝昌的子民第一件对他感到不满的事情,就是昌给他的军队增加了四个将军。他新任命的四个将军分别是:唐、王、芒、郎——尽管没有必要再次提出他们的名字。他们是当今皇帝的老朋友。四个新将军刚刚赶到首都就遇到一大股来犯的敌人,他们驻扎在围绕着皇城的护城河的对面。幸运的是,护城河足够深,不可能蹚水过来,因此可以挡住敌人的进犯。皇帝和他的将军们观望着河对岸。皇帝问道:"很显然,敌人的军队的数量是我们人数的二十倍。诸位将军有什么计划吗?"在他所有的将军中,似乎只有那个姓王的将军有点简单的想法。王将军说道:"请把皇城里所有的裁缝都给我找来,再把仓库里所有的布匹都给我拿来。"

"可以,拿去吧,"皇帝说道,"如果不给你,也会被敌人掠夺走的。"

王将军和给他找来的那些所有的裁缝们一昼夜都挥舞着针线缝制着衣服。顶针的挪动发出嗡嗡的声音。驻扎在遥远的对岸的敌人听到了这样的声音,以为皇帝昌在准备什么奇怪的作战机器。

又是一个白天降临了,皇帝昌调来了他所有的军队——总共也就一千人。这一千人沿着河岸踏步行进着,他们的制服又旧又过时。在他们破破烂烂的衣服前面绣着"我们英勇"几个字,但是看上去也只是可怜的虚张声势。这个军队只是一群衣衫褴褛的胆小鬼。这样的行军对他们来说是件费劲的苦力,这引起了敌人的一阵冷嘲热讽。

但是只听"隆"的一声。第一队的一千人马还没有完全撤下去,只见另有一千人马在河岸来回踱步——他们有节奏地踏着步,整齐的穿着金色的布匹做成的制服,他们胸前的衣服上绣着"非常勇猛"四个字。这下敌人可不敢轻易地嘲笑他们了。

第二队一千人马撤下去了,紧接着又来了一千穿着潇洒的红色制服的人马。他们胸前的衣服上绣着"超级勇猛"几个字。他们雄赳赳气昂昂地大踏步走着,冲着对岸吼出震耳的口号。这次敌人小心翼翼地回应着。

紧接着又是一千军队。身穿着墨绿色的制服。战鼓隆隆作响,这次他们的步伐非常整齐。他们胸前这次绣着"仍

第六章 四个将军的故事

然勇猛"几个字,他们喊出了威胁敌人的口号。这次敌人不敢说话了。

接下来又是一队身穿像乌鸦的翅膀一般黑的黑色制服。在他们的胸前绣着"超级勇猛"这几个字。他们的口号声响亮的敌人都不敢听了。这次,敌人还是保持沉默。

又是一千个穿着粉红制服的勇士,再加上一千身穿蓝色制服的勇士。后来又有领边是白色的人换成了领边是橘色的,紫罗兰色的制服换成了棕色的制服……敌人心想,这样的战争可是以卵击石啊,肯定打不过他们的。皇帝昌显然是有一百万的将士呢……他们怎么可能打得过一百万人呢?只见帐篷没有了,敌人也消失不见了。

王将军一直都在忙个不停地缝制衣服,直到最后一股敌人撤退看不见为止,他和他的裁缝们都累得精疲力竭了。但是那一千个士兵更是累到了极点。一天到晚他们都在不停地踏步行军换制服,然后再去行军踏步。他们的衣服从红色换到绿色,再换成黑色,几乎穿遍了各种肉眼能够识别的颜色。他们现在都成色盲了,而且累得筋疲力尽。但是皇帝昌非常高兴,而且纪念那个他遇见裁缝并让他成为王将军的日子。

过了不到一个月的时间,皇帝昌的快乐就转为悲伤了。敌人看穿了昌的小把戏,重新集结了军队卷土重来了。皇帝昌的军队并没有比以前增加多少。要想打胜仗，他们每个人至少杀敌十二个人。现在根本没有时间来增加军队的数量了。眼下敌人就驻扎在姑苏河的对岸，等着河水下降。

皇帝昌同他的将军们骑马来到了河边。再次说道："敌人就在对面。河水每一分钟都在下降。有哪位有什么计划吗？"一些将军抚摩着自己的胡须。其他的将军搓着自己的小胡子。所有人都眉头紧皱。但是就是没有人张嘴说话。

"快点了！快点了！我勇敢的将军们，你们都没有什么想法吗？唐将军？"唐将军按照规矩和礼节先给皇帝磕了三个头。"陛下，请恕臣直言。我有一个小小的计划或许有用。"

"真好（非常好），大胆说来。抽干国库我也要满足你的要求——丝绸、裁缝、扇子、还是假面具——什么都可以，除了要更多的士兵，因为就是士兵我们没有。"

"那好吧，陛下，"唐将军回答道，"可以请您下令批准国库拨给我价值一盎司的松树树脂吗？"听完这话皇帝以为唐将军在开玩笑呢。他的第一反应就是想把他的头砍下来。但是他没有这么做，相反他下令给了唐将军价值两分钱的树脂。

到了晚上，唐将军就坐在了河岸边的一块岩石上。他开始轻拨着他那珍贵的小提琴。一阵微风从他背后吹来，

第六章 四个将军的故事

现在他不再是什么唐将军了,而是一个精力充沛的、令人激动的音乐家唐。小提琴弯弯的琴弦上流淌出动听的曲子,听起来令人悲伤又着迷。微风也听到了这哀伤的曲子,哗哗流淌的河水成了传音板。远远的河对岸的敌人都钻进了睡觉的毯子聆听起这音乐。没有比家更值钱更令人怀念的了——小提琴演奏的正是一个关于家的曲子。音乐变得越来越悲伤。小提琴手都流眼泪了。在河对岸有十万双眼变得湿润了。士兵们也毫不觉得羞耻,尽情挥洒着泪水。他们为什么要离开自己温暖可爱的家——要战死在异国他乡呢?激烈的参战心理退去了,回家的念头涌上心头,他们开始想回家,回到亲人居住的地方。

黎明来临时,发现敌人的帐篷都空了。士兵们一个接着一个地趁着夜色匆匆逃跑了,心里想的只有家。没有一个士兵留下来威胁到姑苏城的安全。

皇帝昌召集来他所有的将军,大大地赞扬了唐将军。然后他就开始讨论起为将来做好准备的必要性。他很清楚敌人们会再次回来的。

"我值得信赖的将军们,你们当中有没有人有一个计划可以阻止敌人的下一次入侵?"

芒将军,就是以前的牧羊人,说出了一个想法:"我建议把所有的马换成体型瘦小的羊放养在山上。"

郎将军，就是那个弓箭手，说道："我建议今后所有的案例都通过比试弓箭来判决。"

"那就这么决定了，"皇帝说道，"这两个请求我都同意了。"

敌人很快集结了更多的军队再次来犯姑苏城。八月的田野里的蝗虫也比往年要多得多。事实就摆在面前，除非有奇迹才有可能挽救这个城市。所有的人都把关切的目光投向了芒将军，目光里充满了哀求，也包含了疑问。一个大山上的牧羊人能够救得了姑苏吗？

就在那天晚上，众人的疑问得到了解答。芒把他巨大的羊群赶向了敌人的营地。眼看时机成熟时，他弄出了巨大的噪声把那羊群吓得四散而逃。羊群径直冲向敌人的营地，瞬间敌营陷入了一片混乱。士兵们在行军过程中的饭食相当的不好，现在他们可是饥肠辘辘。眼下抓住这些羊可就有好吃的了。在士兵的追赶之下，羊四处乱跑，士兵们随之紧追着羊跑。羊被完全吓坏了，这些在山上长大的健壮的羔羊以它们最快的速度逃跑着。被饥饿的欲望驱使着，饥饿的士兵们也以他们最快的速度追着。

就在营地的士兵都跑光之时，芒和一伙胆大的人冲向他们的帐篷。他们的手里都举着火把。在他们经过的地方都燃起了漫山遍野的熊熊烈火。"等他们抓住羊的时候，就用这火来烤肉吃吧。"芒将军说。

风这时候成了得力助手,把燃烧着的木头刮得到处都是。破坏活动很快就结束了。原来是白色帐篷的地方现在变成了一片火海。所有的帐篷都被一烧而尽,打仗用的矛和弓箭也被烧成了灰烬。大火烧光了所有的东西。狼狈不堪的敌人那天晚上就偷偷地从姑苏城逃跑了。

到现在为止,郎将军还没有做出任何类似打仗的行为——一点也没有——除非踩到百姓的脚趾头也算是一种战争行为的话,那他倒是踩到过别人的脚一次。自然那个被踩到的人非常生气,他希望让法官来判决这件事情,于是他就来到了法庭上。法官说道:"拿上这个弓朝远处的靶子射上五支箭。射得最好的人就是胜诉的一方。"这个年轻的百姓先开始射箭,但是他的射击水平实在是太差了。然后轮到郎将军拿起了弓箭。奇怪的是,他射击的并没有比那个年轻人好。就这样法官就宣判说这件案子还不能决定谁对谁错,择日再较量后做决定。郎将军满意地离开了法庭。年轻人就回到家里花了好几个小时的时间练习拉弓射箭。

从此之后,法院里审理的案件越来越多。从早到晚弓箭都是处于蓄势待发的状态。似乎姑苏城的人都有冤屈要来裁决。聪明的人都在去法庭之前就花了大量的时间练习射击。许多人都开始非常擅长使用弓箭来射击。

皇帝昌就把所有的人抓来扩充他的军队。最后他拥有的武力强大无比，强大到能吓退任何来犯的敌人。这次皇帝昌花了很长时间等那伙敌人再次来侵犯。但是他的等待是徒劳的。因为敌人的间谍早就观察发现姑苏的男人们都在练习弓箭术。他们发出了消息，说姑苏人已经为打击敌人做好了充分的准备。从此以后，这个国家再也没有受到任何敌人的进攻。

因此，没有丢一兵一卒，王、唐、芒、郎四位将军就挽救了这个国家——一千年已经过去了，但是那些博学多识的人还在争辩到底是哪位将军的贡献最大，郎、芒、唐、王，四个将军到底哪一个最伟大？

第七章　雨神的女儿

　　神苏那个地方的人都快饿死了,饥荒席卷了这个地方的所有土地。成熟的稻谷只是空的稻壳。稻谷更是颗粒未收。地蛋在地里虽然开了花,但是一个地蛋都没有长成——地蛋就是土豆。小树林里的树也没有发出嫩芽……人们因为饥饿都奄奄一息了。
　　皇帝大郎把王国里所有的占星家和智谋之士都召集到了皇宫里。"博学多识的人,请告诉大家,我们为什么会闹饥荒?为什么粮食会颗粒无收啊?"皇帝无奈地问那些长着花白胡子的老人们,于是这些见多识广的老人又求助于他们的图表、沙漏、水晶球。

其中一个人说道:"掌管下雨的天神——雨神生气了。因为我们这一整年都没有给他上香。"

"是田鼠在捣乱。田鼠吃光了我们的粮食。"另一个人说道。

剩下的人大部分都赞成地附和着。"就是,"他们说道,"就是田鼠在捣鬼了。"

"田鼠?田鼠在哪里?"

"在那里,大山上,就是我们说的车抽山。"

皇帝大郎顺着他们手指的方向望去。起初,他只看到了一座大山。再一望,他发现这个大山的轮廓就像是一只蹲着的田鼠。"抓住这只田鼠,神苏的粮食就会丰收了。"那些博学多识的人建议道。

"对,我们必须杀了那只田鼠,"皇帝大郎赞同地说道,"那好,你们这些木匠先建造一个巨大的木猫放在那只可恶的田鼠的必经之地。"

一只巨大的木制的捕鼠器做好放在了大山的脚下。但是,饥荒仍然蔓延着。粮食变得比以前还要少了。博学多识的人又提议说这个老鼠夹子做得不合适。田鼠是不会进这样的老鼠夹子的。他们建议用矛来刺穿那只田鼠的心脏。于是,皇帝大郎又下令做一个巨大的能够刺穿过整座大山的矛。矛肯定能刺死一只老鼠的。但是事实相反,因为大山

第七章 雨神的女儿

内部不是土壤而是像打火石一样坚硬无比的岩石。一千个士兵用力推都无法令矛头刺穿那座大山。

正当士兵们徒劳地挣扎着刺那块岩石的时候,干枯的松针上突然冒出了一点火花。原来是矛的铁头在那块打火石上擦出了火花。那点火花从松针上又跳动着燃着了周围的灌木丛,灌木丛上的火又蔓延到了大树上,然后就燃起了一片大火。很快熊熊烈火燃烧起来,半边山成了一片火海。士兵们都吓得四散而逃。开始的时候,他们被吓坏了,以为皇帝肯定会大怒的。但是皇帝说道:"太好了!为什么我那些聪明的臣民就没有想到这个好方法呢?这下那只田鼠肯定会被大火烧焦的,哈哈哈!大火肯定会烧死这只田鼠的。"

大郎皇帝这么认为确实是有道理的。大火四处蔓延,整座大山都燃烧了起来。大山烧成了一堵火墙,山上方飘浮着遮天蔽日的浓烟。可能也就只有异常耐热的田鼠才能经受得起如此的酷热和窒息的浓烟吧。

如今没有人能说得出,为什么天门就那么打开了。也许是车抽山上的大火把天烧了个窟窿吧。也许是掌管下雨的雨神以为地上的人们在毕恭毕敬地给他烧香。不管是什么原因了,总之是上天开恩了。就对着燃烧的车抽山,老天爷下起了倾盆大雨,同时电闪雷鸣不断。大雨还下在神苏一望无际的平原上,只是下在平原上的雨比较小,但也是在不停地下着。

　　雨下了整整七天七夜。田间的小草开始碧绿起来。牛羊的肚子也撑得鼓了起来。家家菜园子里的蔬菜也陆续抽根发芽了,处处生机盎然。神苏的人们都说:"那只田鼠被大火烧焦了,或者是被大雨给淹死了。田鼠的头被闪电击中了。总之那只田鼠现在是死了不会再来偷我们的粮食了。"这就是他们的想法。"没有了田鼠——我们就有饭吃,有命活了。"

　　大雨还在下着,雨点打到房顶的瓦片上,皇宫里也充满了生机。皇帝大郎也喜得贵子。就在皇太子降生的时候,花园里出现了一个篮子,篮子里有个小女孩。没有看到是谁把这个篮子放到花园里的,这确实是件蹊跷事。大郎皇帝再次把他的智囊团召集到了皇宫里。他想知道他儿子将来的命运如何,更想知道那个被神秘地放到花园里的胖乎乎的小女孩的过去和将来。

　　学识渊博的才子就开始翻阅书籍,参考玻璃和桌子,来查证事情的真相。所有的考证结果都显示,大郎皇帝的儿子应该取名为同盟(致谢的意思),而且只要他一直胸怀感恩的心,他就会是一个伟大的人物。那个小女孩必须取名为柴米(让人们活命的东西)。柴米是雨神的女儿,是雨神赐给同盟来做他的妻子的。

第七章 雨神的女儿

得知这些，大郎皇帝非常高兴。显然雨神对他们是友好的。于是太子同盟和小公主柴米按照天意订了婚。他们一起玩同一个金葫芦，喝同一碗水。要是一个受到了什么伤害，另一个会跟着一起哭——比如说脚趾头被踩到了或者是心爱的玩具坏了。一个开心的时候，另一个也会高兴地笑。总之，他们一起玩一起笑，还经常斗嘴一起扮鬼脸，就像世界上任何一对兄妹一样亲密无间。

时间一晃好多年过去了。太子的个子长的是一年比一年高。公主的身高也比着太子长着。尽管她的个子可能没有太子那么高，但是她长得同样的高大勇敢。她跟太子一起踢球，她也爬树、耍猴子玩，射箭她也是一把好手，能够直接把箭精确地射向靶心。游泳没有几个人能比得过她。除了这些，公主还会绣花做鞋、缝制衣物，而且舞也跳得特别优美——当然她跳的舞都是高贵典雅的，跟今天的舞蹈大不一样，她跳的是古典舞蹈。

柴米还是一个贤惠明事理的女子。她很谨慎地让着太子同盟，努力在任何事情上都不要超过他。如果太子的箭射到了第二环，她绝不会把箭射到比太子的离靶心近的地方。游泳的时候，太子总会稍稍领先于她。他们两个人经常游泳，而且就他们两人。拦河就从皇宫的花园里淙淙流过。每个夏日总能看到太子和公主在此戏水游泳。

海 神

柴米公主从河里捡到了一卷羊皮卷,上面写着她看不懂的文字。于是她把羊皮纸呈给了皇帝,后来到处洋溢着欢乐,士兵从四面八方赶来。因为柴米从河里捡到的那个羊皮纸上是敌人写来的一封密函。上面写着敌人正准备进攻神苏。"很显然,"智者说道,"这就证明雨神是站在我们这一边的,是我们的盟友。他把可恶的敌人的阴谋泄露给了我们。"

战鼓雷鸣,大郎皇帝迅速集结着军队。太子同盟佩戴着拖地长的剑。但是柴米还在做着针线活。"你是不能去的,千金小姐,"大家劝她不要参战,"你能给我们带来敌人准备进攻的消息就是帮了大忙了,但是你就不用参战了。"于是柴米就坐在河边,泪水涟涟,手里还不停地做着针线活,听着战鼓声渐渐远去,声音越来越微弱。

接下来,神苏城一片寂静。神苏城里剩下的只有女人了。不仅女人们在哭泣,连老天爷都流泪了。雨不停地下了整整三天三夜,拦河里涨满了水,河水太猛河床都承受不起了。最后河水漫过了河堤,人们再也无法过河。河水隆隆发出威胁的声音——但是雨神发出了蔑视的声音。

一股敌人趁着夜色沿着河岸悄悄而至。他们就停在了河边。任何人面对这样咆哮着的急流都会胆战心惊,变得贪生怕死。手拿着矛头和盾牌的士兵都不愿意游过如此疯

第七章 雨神的女儿

狂的急流。而且河边一只船都没有——雨神已经把绑船的绳子弄断了,断了绳的船冲向了大海。敌人必须等待。等洪水退下只剩下泥巴,等雨神允许他们过河的机会。

天亮之时,神苏城的女人们发现遥远的河对岸竟然对峙着强大的军队。那正是大郎皇帝率军准备拦截的那股野蛮的敌人。毫无疑问,皇帝大郎率军走错了路。敌人躲过了他们的拦截,已经悄悄地趁他们没注意超过了他们。现在只有泛着洪水的拦河能够阻拦敌人对神苏城的进攻了。但是河水会像涨起来时那么迅速地退下去。

皇帝大郎率军出发时因为走得仓促,只是轻装上阵没有带很多的武器。现在所有的盔甲都留在了后方,剩下的全是沉重的矛和盾。公主柴米对此了如指掌。她想到了那些空着的盔甲,想到了长矛。只要男人们拿起那些武器就能挽救神苏城。但是,神苏城里没有男人了——仅有的几个也是丧失了战斗力的。

剩下的只有被吓坏了的女人,但是也有坚强冷静的女人。柴米很快把自己的计划告诉了大家。神苏城瞬时从寂静中苏醒了过来。锤头击打着盔甲,加固铆钉。

在敌人的营地里出现了一个不惧怕河水的人。他游过洪水肆虐的拦河,在河的另一岸登陆了。在他腰间还系着一根绳子。绳子很快被绑到了一个大的柳树桩子上。这样的话,敌人通过这条河就容易多了。敌人身上只带着自己的弓箭过了河。他们的首领先带头过了河。就这样在一根绳子的帮助下,大量的敌人游过了河。他们感觉是绝对安全的,因为他们得到消息说,皇帝大郎带走了所有的士兵。神苏现在是最容易得手的时候。五百人就足以占领这座城了。刚好有五百人游过了河。

这时,神苏城里也有一千个勇士整装待发了,她们身穿金光闪闪的盔甲,手里拿着被她们称作长枪的长矛。当然她们脸上带着骇人的假面具。这是东方那个国家的士兵的习俗了。紧随着这些手持长枪士兵的是一千个弓箭手。神苏城的城墙边布满了长枪,还有一千勇士在增援。敌人无法撤退。后面有河挡住了去路。进攻纯粹就是愚蠢人的行为。小小的箭对厚重的盔甲造不成任何伤害。五百个人的队伍如何能抵挡得了多于他们六倍甚至更多的兵力呢?眼下,投降似乎是唯一的出路了,于是他们缴械投降了。但是投降对他们来说也不是件简单的事。因为他们的头领可是有着皇家血统的。没有比投降更让他感觉降低身份、丧失尊严的了。

留在河对岸的敌人也被迫放下武器。因为他们的将领被敌人抓住,成了俘虏,担心将领被杀头,他们不敢违抗命令。俘虏他们的人似乎很是擅长做捕头。垂头丧气的敌人怎么也不会想到俘虏他们的竟是一些——女人……,头领

第七章 雨神的女儿

也是一个叫柴米的女人。他们怎么可能会知道呢？因为她们伪装得很是逼真。一个上了年纪的瘦弱的裁缝被找来对敌人喊话，而且他对于能有这样的机会感觉特是骄傲和荣幸，于是他喊话的声音也是非常的恐怖——绝对是充满了威胁性的。身穿着皇帝金色盔甲的柴米威风凛凛地站在旁边，告诉他要说的话。其他的女人手执长枪用力击打着河岸边的岩石，似乎为自己成为进攻的靶子而发出愤怒的警告。

大郎皇帝在听说了柴米的激动人心的抗敌行动后，立即乘坐外形似天鹅的船准备穿越拦河。他几乎不相信自己的耳朵。但是送信的人发誓说他们句句为真，绝对没有夸张。最后，大郎皇帝相信这一切都是真的，感激地说道："柴米可是帮了我们的大忙啊！她是当之无愧的英雄。"但是皇帝的大将军听了这个消息后妒火中烧，因为柴米抢走了本该属于他的荣誉。于是这个大将军就进言说："难道陛下您忘记了那条法律了吗？"

"什么法律？"大郎皇帝疑惑了。

"就是先皇刘迪制定的那条法律。刘迪制定的法律里规定了女人不能穿皇帝的服装，违者该当死罪。柴米这个女人穿上了陛下您的盔甲。"

皇帝听到这个非常伤心。他说道："法律确实是这么规定的。既然有这么一条规定，不管这条法律是否合理，都必须要按照法律的规定来执行。按照我尊贵的先皇的法律规定，少女柴米必须被砍头处死了。"

嫉妒满怀的大将军早有准备，说道："这是死亡判决书，给您来签名。"

事情到了这个地步，大家都说不上来皇帝是否真的想处死柴米。但是他乘坐的那条船沉到了水下消失了，再也没有上来。见多识广的人说这是因为皇帝激怒了雨神——掌管下雨的神仙，也就是柴米的父亲。这种说法是真是假谁也说不清。总之，谁也说不上来。

但是接下来发生的事情确实是毫无争议的。皇帝同盟和他的皇后统治着神苏好多年，在那期间既没有发生过洪水也没有闹饥荒——总之，一片繁荣景象。

第八章　勇敢的小百花

　　下面的故事是一个名叫空灵的人讲述的。

　　空灵总是安详地坐在寺庙里的大钟旁边的树荫下,给人们一连讲几个小时的故事。每次都是空灵的故事讲完了,人们还是意犹未尽想听他讲下一个故事,听到动人的故事,他们就会给空灵更多的钱。

　　这位衣衫褴褛的老人有时候一天就可以得到五分钱。好运总是会光顾空灵这个讲故事的老者。其他的任何工作他都不做,就专门坐在树荫下给人们讲故事听,自己听硬币扔到他的碗里撞击的声音,还听到人们夸赞:"讲得真好,空灵。这是给你的钱——希望这点钱能配上你讲的好听的故事。"并不是每个讲故事的人都会得到这样的优待。

空灵讲述的这个故事的主角是一个叫百花的少女,这个女子可以说是比世间最美丽的女子都要美,真是沉鱼落雁、闭月羞花、举世无双。

少女百花长着一张瓜子脸,鹅蛋形的脸庞,宽宽的额头,尖尖的下巴。少女的眉毛又弯又细宛如柳叶。一双含情脉脉的杏眼,粉嫩的嘴唇比樱桃还要鲜红,一双小脚犹如三寸金莲,走起来身体优雅地摆动着,就像在夏日微风里摇曳着的杨树。

而且在刺绣方面她还是一把好手。她手指轻巧能弹奏出来优美动听的琵琶曲,能吹出悠扬迷人的长笛。她的歌喉能够与皇宫里叮咚的泉声相媲美,因为皇宫里的喷泉是洒在银质的音符键盘上的。对于百花的容貌我们只能这样简单地描述一下了——她的家乡是在众多河流经过的省份,方圆百里之内见不到比百花更美的姑娘,百花的父亲是胸带红色宝石纽扣的高贵官吏,名叫明赤。

当时统治国家的皇帝是王升。王升是一位杰出英明的君主,在他统治时期,国家经济繁荣、人民生活安定。由于连年征战,吃饭时他都身披盔甲,睡觉时就以马鞍做枕头。最后他的十二个将军举旗起义,每次都是这面的叛乱还没有完全镇压下去,又有新的叛军起义反抗了,叛乱越来越

第八章 勇敢的小百花

多。国内叛贼不断,国外又有外敌入侵。飞扬跋扈的狼心担当首领,率领着残忍的野蛮军队虎视眈眈地觊觎着他们的国家。狼心傲慢地公开宣称,他决意在天气转暖之时策马跨过长城来入侵。内忧外患使得王升处于煎熬之中,原来高高翘起的胡子现在也变得花白,就像孩子们洒在篱笆上的石灰的颜色。

王升毕竟不是个软弱无能的国君,他不会甘心等着失去皇位丢掉脑袋的,只能说是:"命运的安排,我能做些什么呢?"他下令把那个敢于直言进谏的老宰相秦召进了宫,皇帝问道:"忠心的秦,朕知道你现在一心只钻研经典,但是或许你也听说了,我遇到了许多麻烦——而且每天都有新的麻烦产生。聪明智慧的秦,你有什么好的建议吗?"

一向说话简短利索的秦答道:"和亲。"

皇帝听了扬起了眉毛,惊奇地反问道:"和亲?"他有点不太相信自己的耳朵,"和亲能够平息叛乱吗?"

停了一会儿,秦说道:"可以。"

秦提高声音重复说道:"和亲。"

皇帝还是有点怀疑不相信。"什么?和亲?和亲就能让狼心放下武器么?用和亲的方式来招安野蛮人?这样做太愚蠢了。是不是我误解了你的意思?"

但是他理解的是对的,没有错。而且只有一个办法,那就是"和亲"。这就是高高在上的皇帝王升从惜字如金的秦那里得到的建议。

是不是说得少了就是正确的呢？一个词，对于一个聪明的人来说就像是一粒种在肥沃的土壤里的种子。细细琢磨了一下后，孔武有力的王升不得不承认老秦的建议值得采纳。很快他就实施了这个建议。他给在他统治范围内的每一个邦国的官吏写了封信。信的内容很长，在此不再冗述，但是大概意思是这样的："我，王升，作为天地的统治者，将乐意迎娶你们国色天香的女儿为妻，并会送上价值千两的黄金作为聘礼。"

所有的达官贵人们作为回复都给皇帝送来了一个女儿，没有比这种方式更能迅速平息叛乱的了，所有的叛乱都停止了，无论哪个发动叛变的头目决心有多么坚定，但是一旦他知道他属下的几乎所有的大小将领都是皇帝的亲家时，他也就不得不停止了。否则的话，叛乱是不可能的了。所有的战争似乎眨眼间都停止了，都是和亲的结果。

接连几个月以来，年轻貌美的少女们接连不断地来到了皇宫里。但是这些所谓的美女们参差不齐！个高的个矮的、胖的瘦的、年轻的年老的、有真正的美女，也有绝对的丑女，总之长相各异、身材不等的各色女人都被接连不断地送到了宫里。很难能够数得清到底来了多少女人。

第八章 勇敢的小百花

有的历史记载中说，一共有五千个少女来到了皇宫里，来做皇帝的妻子。还有一些人说有一万多人。但是，何必再计较有没有再多五千人呢？关键是就算是只有五千人也已经够多的了。王升花了国库里几吨的黄金来扩建皇宫，好住得下那么多的妻子、妃嫔。建造了那么多的宫殿，说有一万五千个妃子也是可能的事情。

要是大家还问，百花是否是皇帝众多的妃子中的一位这样的问题的话，那他可真的是太笨了。这是肯定的事情嘛！百花是在杏子成熟的季节来到皇宫里的。大概是到了冬天的时候，她才有幸第一次看到她的主人——也就是皇帝。而且还是站在远处就瞟了一眼。

王升就像是一个老态龙钟的男人——或者说是女人也行——整日地趿拉着拖鞋。拥有了这么多的妃子，他竟然不知道该干什么了，而且这一点也不奇怪。设想一个落寞有着自己居所的老光棍忽然得到了三千或者是五千个老婆会是什么样子的？可怜的王升答应接见了几十个妃子，而且不用说，没有过多久，所有的太医都被召来匆忙地用冰来冷敷皇帝的额头，给他降温。他们诊断的结果是皇帝纵欲过度、神志不清了。

在那件事之后，皇帝行事就谨慎起来了。于是一个叫老杨的宫廷画匠就被召进了宫，皇帝吩咐他说："老杨，我希望你真实画出我所有妃子的画像。画完以后就把画像呈给我，这样我好判断哪一个妃子是最美丽的，我将选最美丽的那个女子作为我真正的皇后。"

老杨毫无疑问是当今最有才华的画匠了，但是他是卑鄙无耻的小人。第一张画像他是给一个叫银宁的最丑陋的女人画的。但是银宁家里比较有钱——而且她慷慨大方。于是她就用许多的黄金来行贿那个不诚实的、贪婪的老杨。老杨就把她画得美丽绝伦。在老杨画的所有的画像中，银宁的那张画像是最漂亮的。事实上，她是王升所有的妃子当中长相最难看的一个。

最后慢慢地轮到给百花做画像了。老杨暗示说给他一些金子——大概是十两——他就可以让他的刷子听话一些，画出好看的百花了。但是百花生气地拒绝了："让我贿赂你？不画出我真实的样子？这样的事情我绝不会答应的。"老杨以一副非常自责的样子，悔过地请求百花的原谅。他发誓说会尽最大的努力把她画出来的。但是在做完这幅画像后，上面的人丑陋的连瞎子看到都害怕。原来那个无耻的恶棍把美丽可爱的百花画成了一个令人厌恶的干瘪丑陋的老太婆，一个女巫，一个衣衫不整的疯子。刚拿起这张画像看了一眼，皇帝就吓得用衣袖捂住了眼睛。"太恐怖了，太难看了！快拿走，快，快，拿走扔掉去，实在是奇丑

第八章 勇敢的小百花

无比。"

不必多说,百花当然没有被选中成为王升真正心爱的新娘。

但是那个自吹自擂的野蛮人首领没有遵守不越过长城的誓言。得知王升的军队现在统一联合起来了,且上下一心后,狼心不再说大话了,他狂妄的侵略行为暂时中止了。他也觉得保持现在的和平状况也挺好的。王升的军队数量扩大了两倍,狼心得知这一消息之后就写来了一封长信,字里行间句句表达了他对皇帝的尊敬和爱戴。最后他竟然厚颜无耻地要皇帝给他一个妃子做老婆,厚颜无耻的狼心或许还以为自己长相俊美。

皇帝读完他这封信后倍感惊讶。只见他怒火中烧,脸色气得发紫。冷笑着说道:"想要我的女人做老婆?那好,我就送给你一个老婆。宰相,画像上那个长相丑陋的女人叫什么名字?百花是吧?让百花做好长途旅行的准备吧,我要把她送给胡人做老婆。哈哈哈!这样他们可就是绝配了!我很想看到狼心在看到他的新娘时愤怒的样子,呃,一想到那个丑女人的模样我就打哆嗦!"

少女百花听到她被送给胡人的头目做老婆的消息时,她心情十分平静、波澜不惊。她的脸色也没有变得苍白,嘴唇也没有颤抖一下。似乎是这件事情跟她毫无关系。其他的妃子在为她可怜的命运哭泣的时候,她却笑着拨弄起琵琶,嘴里哼唱着歌谣"昨日蝴蝶纷飞"。

过了没几个时辰,百花就坐在了装饰一新的油漆轿子里了,由皇帝的轿夫抬着向夕阳落下的方向赶去。可怜的百花很快就被放逐流亡了,她的命运注定是要不幸的,因为她要嫁做野蛮人的头领的新娘了。夜莺为她唱出了凄凉的歌声,路边的树叶簌簌作响,发出绝望的声音。向河流的方向进发,向河流的方向前进,狼心就等在遥远的河对岸,皇帝的轿夫们抬着轿子在夜色中匆匆赶路。

皇帝王升穿着普通的衣服,在另一条路上以更快的速度向河边赶去。他希望看到那个胡人的头目迎娶新娘的样子。他打算幸灾乐祸地观望狼心在看到自己丑陋的新娘时惊讶愤怒的样子——满心期待着一个年轻貌美、如出水芙蓉般可人的新娘,看到这样一个干瘪的女巫似的丑女,不知野蛮人的头目会做何反应。皇帝王升希望将要看到的场景足够壮观,好值得他长途跋涉跑这一趟。

百花坐的轿子很快抬到了河边。那里等着一艘装饰着鲜花的船。这边轿夫刚放下了轿子,那边的桨就做好了启航的准备。河岸渐渐远去。深处的河水流得很快。

好像是装饰豪华的船上的窗帘忽然动了一下?

又好像是一个精灵迅速从船上跳了出去?

第八章 勇敢的小百花

只听一个船夫大喊一声小心,话音刚落地就淹没在了其他人的惊叫声里。划着的桨迅速停了下来,火把立刻被点燃了。船向一侧倾斜了起来,因为船夫们都站到了船舷上。他们声音因害怕而颤抖着,"在哪里?"一个人尖叫道。"在那里。"另一个人说道。还有人说:"我什么也没有看见。""她逃跑了。""她被水淹死了。""这条河娶她做妻子去了。""淹死了啊——那我们可是要被杀头了。"

狼心毫不掩饰自己的愤怒,气得脸色铁青。他愤怒大吼的样子吓住了王升,王升立即提出再送给他一个新娘——十二个也行。这个野蛮人的头领拒绝接受新娘了。这次他改要黄金——越多越好。他说,黄金是不会跳到水里去的。即使黄金从船上掉下去了也不会丢掉。

这么说来,女人从船上跳下去后也有可能丢不掉了。不要忘了,百花可是在人人都识水性的省份长大的,在她的家乡就有一条河,水就是她的好朋友。

从船上跳进水里后,百花在河底潜伏了好长时间。由雾色的水流做掩护,她就在安全的水底游走了。最后,当她发现火把离自己越来越远时,她就浮到了水面上来了。黑黑的夜色又是掩护她逃跑的屏障。

百花逃到了一个渔民的家里。她穿上了农家人的衣服,这让她看起来是一个完全不同于以前的少女。就穿着这样的衣服，她回到了家乡父亲的身边。

过了一段时间后，一幅画像呈给了皇帝王升，这幅画像上画着一个国色天香的美少女，她的美丽无以言表。王升提供了好多的黄金悬赏有谁知道这个美女是谁。他要娶这个美丽的女子做妻子，他梦想着能找到她，但是永远不可能了。

第九章　有个懒汉叫阿喜

楚平人品极佳。他人天生聪明伶俐又勤勉刻苦，平时留着长长的辫子。大家都想不通，他怎么就那么倒霉，生了一个懒惰的儿子阿喜。也可能是儿子继承了他祖父楚平复的秉性吧。在老妖神这个地方，大家都知道楚平复是个懒到家的人，他连大年夜给老天爷烧纸的事情都懒得做，更别说敲打铜锅吓走妖魔鬼怪了。我们现在不管楚平复如何的懒惰了，对于他懒惰的故事我们就不多说了。现在我来讲讲继承了他懒惰缺点的孙子的故事。

懒汉阿喜——大家都是这么称呼他的——这个行动迟缓极度懒散的家伙，除了懒惰就没有什么值得提及的了，他的懒是天生的。这个家伙简直就是不知廉耻,他做起事情来跟蜗牛一样慢,而且是跟一个残废的蜗牛比。楚平大夫让他把一竹筒的砖灰运到张赤家里去,因为张家的太太发高烧生病了,急需要这种药。阿喜这小子有没有快速地完成这个差事呢?他没有,再重复说一万次也是没有。他在路上闲逛着。他总是慢慢地消耗自己的时间,真是懒人阿喜啊!可怜的张太太到底是没有等到药送来就断气了,希望她死后能舒服点。在阿喜把给她救命的药送到的前三天她就一命呜呼,进了棺材了。

上面只是举了他的一个例子,而且是一个令人气愤不已的事情。

阿喜总是游戏人生,把任何事情都当作儿戏。

下面要讲述的是另一个发生在阿喜身上的故事。楚平大夫派阿喜到牧地上,去把家里的牛找到牵回来挤奶喝。楚平大夫知道自己的儿子办事情比较磨叽,就在太阳当空的大中午让阿喜出发了,这么做也是为了能够让他在天黑之前把牛牵回家来。但是阿喜并没有去牧地,而是跟一群整天无所事事的狐朋狗友,坐在树荫下玩猜拳的游戏。看到天黑下来时,他就来到了隔壁邻居老木家的院子里,把老木家的牛牵到了自己家的院子里。这比大老远地走到牧场里把自家的牛牵回来省事多了。

第九章 有个懒汉叫阿喜

楚平大夫刚挤完牛奶还没有收拾好,奶牛就把装满奶的木桶给踢翻了。这时老木也一把鼻涕一把泪地跑来要牛了,说是被阿喜这小子给坑坏了,真该用竹板把阿喜那个臭家伙打一顿。其他的街坊邻居也围拢了过来,大家毫无例外地都说道:"这个懒小子阿喜啊,真不是个好孩子。他真是欠打。"但是楚平大夫却为他辩解,说阿喜本意是好的,没有坏心眼——他只是太累了,牧场离得又太远,也许有一天——(这时他开始猛烈地敲打着木桶——人们在说大话的时候总是想制造出很大的噪声来,这样好吓走鬼怪)——将来有一天阿喜会成为一个伟大的人物的,他死后人们会给他立一个高五百米的纪念碑的,上面刻着他生前的丰功伟绩。

邻居们听了都发出不屑的"嘘"声,而且他们还是撇着嘴角,脸上露出鄙夷的神情。很显然,他们不相信阿喜会成为一个伟大的人物。只听一个人说道:"没有哪个父亲不认为自己的儿子比皇帝的儿子都有才的。"大夫这个大好人听了这句话会心地一笑。他转而对阿喜说道(手还不停地敲着木桶):"阿喜,我的掌上明珠啊,拿着这个木桶到井边打些水回家来。因为今天晚上没有奶喝了,可恶的奶牛把桶给踢翻了。这样今晚我们只能用水来煮米饭了。路上一定要小心啊,我的心肝宝贝。"——阿喜就这样叮叮咚咚地拿着桶走了——"一定要把木桶好好地涮两遍啊！"

阿喜就这样拿着水桶装模作样地要去井边打水。但是水井有一里地远，大概是一英里的三分之一远的路程。但是在几步远的地方就有一个水沟。懒汉阿喜就在那个水沟边停了下来，打了一桶水沟里的水。他就提着半桶泛着绿色的沟里的水回家了。在这半桶水里还漂着一只旧鞋，这肯定是别人穿的烂的不能再穿了的破鞋。他也没有把水桶清洗一下。

看到阿喜打回这样的半桶水，楚平大夫没有责备他，反而责怪老妖神这个地方的人，说："这地方的人变得越来越差劲了。就从水井到家这么一段距离都不能安安心心地让人走路，肯定是哪个混蛋家伙往我们家水桶里扔了一只破鞋。"楚平大夫也真是太好被他的儿子骗了。

春雨下得最大的时候，楚平大夫也繁忙起来了，他得到各家各户给生病的人看病。春雨引发了很多的疾病，不管天气有多么糟糕，楚平大夫都得随时准备出诊。结果他因为经常淋雨，身体逐渐受不了了。一天晚上，他到家的时候全身都湿透了，衣服到处都在滴答着水，冻得他上下牙齿只打战。于是他爬到了炕上蜷缩着（炕是用来睡觉的床，下面可以当作炉子来给床供暖），全身冰冷的他对儿子说道："阿喜，我的宝贝儿子，在炕底下的炉子里架上火吧，你可怜的

第九章 有个懒汉叫阿喜

老父亲快要冻死了,冻得能要了老命,把火烧旺一点儿,阿喜,我的掌上明珠。阿喜啊,我感冒生病了!"

阿喜就从一本医书上撕下来了几张纸,塞到了炕底下的炉子里,用火柴点着了。然后他就继续玩耍去了。过了一会儿,楚平大夫从被子里伸出头来沙哑着嗓子对阿喜说道:"我——我——我还是冷得打哆嗦。阿喜啊,再往炉子里加点木头吧。"阿喜太懒了,他懒得动弹去找什么木头。但是医生那镶着金边的拐杖就放在墙角落里。好啊,为什么不用那根拐杖呢?反正拐杖也是竹子的。竹子也可以当木头来烧的。于是他就把拐杖塞到了炉子里,拐杖也就这样噼里啪啦的着了起来。过了没有多长时间,楚平大夫又把头从被子里伸了出来用哀求的口气,对阿喜虚弱地说道:"再——再——再加点木头,阿——阿——阿喜!"阿喜就再次环视了一下房间。确定房间里没有什么木头可以烧。但是在一个架子上放着五十个竹筒,那里面装的全是药。其中一个竹筒里装的是乌贼的骨头。还有一个竹筒里是牡蛎骨头磨成的粉。这些东西都是楚平大夫用来治疗冯郎太太的风湿病的药品,而且疗效相当的好。第三个竹筒里装的是盐和珍珠。第四个竹筒里是陈皮和石灰。第五个竹筒装的是樟脑球和樟脑粉……所有竹筒里装的都是上好的药材,而且都是名贵药材。

可是……阿喜那个小子又做了什么呢？他把第一个竹筒扔进了炕下的火炉里，瞬间竹筒就在炉子里噼里啪啦地燃烧起来了。随后他又把第二个竹筒扔了进去。接着第三个第四个。一个竹筒接着一个竹筒，再加上竹筒里面的药材就这样都被扔进了火炉中，火炉上面的炕上躺着生病的楚平大夫。

等到扔第五十个竹筒的时候，事情就发生了。这个竹筒里装的刚好是火药（也是一种药材），火药是由硫黄、硝酸钠、木炭配制而成的——这三样药成分掺和起来恰好又是做黑色火药的东西。

楚平大夫躺在炕上，寒冷让他的身体抽动得更厉害了。他的儿子，阿喜，这时把一竹筒的火药扔进了炕里的火炉里。炉火发出噼啪的声音，火焰吞噬着竹筒……只听到……"嘣"的一声。

天哪，阿喜真是造孽啊！他把烧炕的火炉给炸了，更别提他那可怜的父亲了。

倾盆大雨继续下着，还是那个邻居老木从房子里出来，毫不留情地责骂着楚平大夫，怪他怎么从高处掉了下来，砸到他的黄芽菜地里把菜都给他压坏了。他不停地就为这事骂着楚平大夫，骂的话也相当的难听"混账东西"（又笨又蠢的老家伙）。但是楚平大夫只是睡眼蒙眬地扫了一眼被毁

第九章 有个懒汉叫阿喜

坏了的大白菜,又看了一眼房顶上的那个洞,他就是从那个洞里被炸飞出来的,然后含糊地说道:"可怜的我啊!"

紧接着其他的邻居也都从自己家里出来了,这些街坊邻居都非常敬重楚平大夫,希望在他困难的时候能够帮他一把。这些善良的街坊们来到楚平家,说道:"不用说,又是他那个儿子干的好事。尊敬的大夫,你为什么不拿一根结实的竹板,好好教训一下阿喜那个懒惰的臭小子?要知道他可是差点就要了你的命。"但是楚平大夫揉了一下自己的肩膀说:"什么?打阿喜?为什么要打他,他可是个好孩子,是我的心肝宝贝呢!他刚才还给我在烧炕呢!"

说完这个医生就一瘸一拐地走进了房间叫醒了阿喜,问他到底是怎么回事。阿喜这个小子虽然懒了点——大家都知道他的懒——但是他还是比较诚实的。虽然有点勉强,但这也算是他的一个优点吧。他把事情的前前后后描述了一遍:他是怎么把竹筒一个一个扔到炕底下的火炉里的——因为没有找到木头——最后一个扔进去的竹筒又是怎么爆炸的,怎么把他爸爸从房顶上炸出去的。

听着阿喜的话楚平大夫的眉头皱成了一个疙瘩。他手里攥着梳得整齐的长辫子,像是在思考着什么事情。摸了一下自己的左肩膀,又摸了一下右肩膀。眼皮使劲地往上翻着。他看着房顶上被炸出的那个大洞,洞边上还挂着一块从衣服上炸下来的布片。然后他又低下了眼皮，盯着被炸毁了的炕研究起来。他还能感觉到因为爆炸而流出的两行眼泪。终于开口说话了。

"儿子，"他叫道，"我们好像有了一个重大的发明。竹筒中的某些药品——天知道是哪个竹筒里的药——好像不只是可以当药用。那种药可能还可以用作其他的用途——尽管我还不知道到底能用作什么。或许能长出翅膀，能让人飞起来。至少那东西能让我飞起来。我们必须做更多的药，来实验一下。"

第二天楚平大夫就打开了自己那本指导配药的医书——这本书是他自己编写的。当然要先从头开始了——不过开头是在最后一页——认真的楚平大夫先研究了第一种配药的成分。"红辣椒、明矾、癞蛤蟆的爪子。"他就这样一一研究起来。找到这三样药材，然后按照一定的比例混合成一份。再把这几样药材的混合物放进竹筒里，最后把竹筒放到火里烧。楚平用扇子努力地扇着火好让火旺起来，就这样扇了一个小时。除了变热冒烟了就再没有发生什么了。既没有爆炸的声音也没有飞上天。看来辣椒、明矾、癞蛤蟆爪子这个组合不能造出火药了——除了能治猩红热这病就没有什么用处了。楚平大夫详细地记录了实验的步骤和结果，然后翻到了下一页。

第九章 有个懒汉叫阿喜

接下来是牡蛎壳和人参的组合。实验证明这个组合也没有用。再然后是鲨鱼翅和姜黄跟粉末。楚平大夫的实验记录着这一组合也是没有用的。实验就这样天天继续着。可真是花费了大量的时间。

楚平大夫是个严谨细致的人,而且非常的聪明。不论是在江苏、江西还是在广西都再也找不出一个像他这么聪明、办事细致的人来了。他按照步骤一样一样地把药放在火上做实验——他一个接一个地做实验——最后他终于做到了火药这一组合的实验上来了,再说一遍,火药就是硫黄、硝酸钠和木炭的组合,这也就是那些白人外国佬所说的黑色火药。楚平大夫把一个装满火药的竹筒放到了火上烧。竹筒斜放着,大夫在旁边卖力地扇着火。过了一会儿竹筒就倒在了煤上,膨胀着发出了嗞嗞的声音,好像是为了做出什么巨大的举动而做出的深呼吸声音……嗞嗞嗞嗞——"嘭"的一声巨响。

楚平大夫又被炸飞了。

凑巧的是在爆炸发生前,邻居老木正在给牛挤奶。爆炸发生后,他就不在那里挤奶了。他正在往北面跑着逃命去了。而他的奶牛也往相反的南面跑着逃命去了。楚平大夫就趴在水桶和凳子上,他已经把水桶压扁了,凳子也被他砸碎了。

过了五分钟,楚平大夫反应过来了。半小时后老木也回家来了。但是那头奶牛从此是再也没有露面。真怀疑它还敢不敢回来了。

楚平大夫刚苏醒过来，就踽踽地走进了房间，阿喜还在房间里玩不倒翁，不倒翁是一个木头人，长着圆圆的脚，不管你怎么打他、打他多少次，他都能直立地站稳了。"发生什么事了吗，爸爸？"阿喜问道。楚平大夫对他大笑着："阿喜，我的宝贝，我的明珠，我的摇钱树，我找到了。火药就是那个威力无比的药品，火药可以吓走魔鬼。大家都知道，那个老家伙老木，就是鬼上身了——他被吓坏了。还有他那头不忠实的牛，被至少是四百多头魔鬼给拽走了，吓得跑走了，再也回不来了。火药肯定就是吓走魔鬼的东西了，你和我就是发明火药的人。噢，天哪，我的宝贝，我们出名了。从今往后的几千年里，人们都会一直用火药来驱逐妖魔鬼怪的。"

楚平大夫预言的没有错。如今的火药还是放在一个管子里，只是管子是纸做的不再是竹子做的，起爆的引线也比以前轻多了，爆炸时还是会发出"嘭，嘭"的声音。火药一爆炸，就会把上千个魔鬼吓得直哆嗦，吓得他们最后逃跑得无影无踪，嘴里还骂着阿喜和楚平，这两个发明火药的人。

第十章　月亮女神

皇帝禅高绝对是一个成功的君主。他是世界上最好的预言家之一，他的师父是世界上著名的占卜家柴郎。当时要求最苛刻的人都不得不承认禅高绝对是个不平庸的地占者。而且，柴郎在挑选徒弟的时候也是比较严格的。

每周一开始的时候，皇帝陛下就习惯了计算星象，以便预测将来要发生的事情。正如他所预测的，周三确实开始下雨了，而且他也提前准备好了雨伞。如果预测说周五的时候会有一场战争，他就会提前做好武装准备，时刻准备着进入战斗状态。有一次他在整整一周前就预测出第三次洪水就会来袭，于是在这之前他就准备好了一艘豪华轮船，轮船上装的东西是应有尽有，有大米还有乐器——他们刚好在洪水来的提前三天就坐着这艘船逃走了。

出人意料的是每当遇到紧急事件时，皇帝禅高必须是要骑马的。不管大家怎么催促他，他都是要先观测一下星象才会出发——尽管观测星象要花费至少一小时的时间。禅高一般是先在地面上画三个互相交叉的圆圈。太阳、月亮、星星都画在各自特定的位置上，然后他在盯着这些圆圈观察一段时间……嘴里还不断地发出"哎呀""嗨哟"的声音。

他自言自语的声音非常大，但是他的研究工作一般是不会出什么差错的。外人看不出他观测的结果是什么。这次他预言说，明天晚上有一条龙会从月亮上飞下来袭击地球，他会掳走云池公主。这就是他预言的结果，而且他的预言是没有必要怀疑的。大家可以想象的出皇帝一夜之间愁坏了，胡子都一下子变得花白了。这次他需要进行一次长途跋涉了。而且事情紧急，不得延误。只要刀剑还有威力、长矛还有利刃，他都不会放弃宝贝女儿——云池公主的。但是——又有谁能来挥舞刀剑？有谁能来投掷长矛呢？到底哪位英雄有这个能力呢？如果王国里的五十个年轻的才华横溢的王子都做不到的话，又有谁能做到呢？那样的话他们实在是应该为缺乏这样的勇气而自责伤悲了。想到这里，

第十章 月亮女神

皇帝禅高立即召见了王子们。他先简短地描述了一下目前面对的危险——还跟他们讲了龙的狡猾之处,就是龙每发起一场进攻,或者是每受到一次进攻,都会增加它自身的力量。起初,皇帝描述的图景并不是大家所向往的,但是,最后皇帝说出了奖励方式,听完后朝廷里的王子们都剑拔弩张,期待着龙尽早出现。因为皇帝是这么对他们说的:"如果你们大家合伙杀死了那条龙,只要公主愿意,他就可以在你们当中选出一位她喜欢的来做驸马爷。但是,如果哪一个王子是在没有别人的帮助下独自杀死了龙,我就可以做主把公主云池嫁给这位胜利的王子。"

盔甲撞击的金属声吓得聚集在皇宫房顶上的喜鹊也振翅飞跑了。大家都在试用新的弓箭如何,天空中乱箭狂飞好似下起了箭雨,他们就这样练习了一整天。

其中有个叫丁孙的王子,长得英俊潇洒,像其他年轻的武士一样喜欢舞棒耍剑,他相信自己就可以用剑砍死那条龙。对这位血气方刚的王子我们实在是说不出责备的话语。因为当一位美丽的公主的性命危在旦夕时,任何人都会渴望成为那位救美的英雄,何况只要他成功了就可以娶到公主了。但是丁孙可是一位智勇双全的勇士。他是这么对自己理论的:"假如我成功地杀死了那条月亮上的龙会怎么样呢?难道他那些愤怒的兄弟们就不来找我报仇吗?毫无疑问，他们当然会报仇的。那我最好就是把所有的龙都杀死——一次杀光——它们的头儿也不能放过。只有这样才能永久消除危险，我就可以安心地吃饭，不用把剑放到饭桌边了。我必须一次杀死所有的龙。"

雄心勃勃地做好了计划，太子丁孙就去找了一个女裁缝，让她做了一件跟云池公主穿的一模一样的衣服。他刮干净了脸上的胡须，在脸蛋上擦了白粉，还描黑了眉毛，最后还练习了女人走路的样子。做好了这一切的准备，他看上去就是一个美丽非凡的少女了，而且很容易就能骗过所有人。

等到太阳日落西山时，丁孙王子就来到了皇宫的后花园里，在云池公主平时最喜欢走的小路上散步。双手还时不时地抚弄着路边柔软的紫藤。还把脸颊贴在盛开的玫瑰花瓣上嗅着花香。最后他兴高采烈地停在了开满紫色花朵的泡桐树下。从面部神情和一举一动看来他都是一个少女，喜欢欣赏各式各样的鲜花。

划过平静的夜幕，呼啸着飞来了一个恐怖威猛的怪物。王子不用猜也知道是发生了什么事情。他在小时候就听到过愚蠢的奶妈们吹出这么恐怖的口哨声，试图吓唬他一下，为了让他"做一个乖孩子，否则龙就会来把你抓走的。"那时他还嘲笑过奶妈笨。但是现在……他的脸因害怕扭曲

第十章 月亮女神

得变了形，一脸沉重的表情显示了他的决心。这回是听不到一点笑声了，嗖嗖的声音变成了咝咝声。空气也变得闷热让人无法呼吸。四只巨大的魔爪紧紧地抓住了丁孙王子的脖子。只听到他发出了一阵恐怖的尖叫声。巨大的翅膀拍打着飞了起来……飞到了高处……消失不见了。

有听到害怕的尖叫声？绝对没有，事情并不是这样的。只是假装害怕发出的尖叫声而已。你们真的以为王子会害怕了吗？丁孙王子可能会害怕吗？他尖叫只是想让他的伪装看上去更真实一些。因为一眼看上去王子就是个少女，而少女要是被龙抓住了的话一般都会尖叫的。这也不怪女人太胆小。

飞上天……飞得更高……更快……丁孙王子就这样哭哭啼啼地被挟持着越过无边的星空向月亮飞去。耳边的风呼啸着。飞得越来越高……在他下面小星星在一闪一闪地眨着眼睛。空气逐渐变得稀薄寒冷。丁孙王子感觉像是要窒息了，因为无论他怎么呼吸都无济于事。那里根本就没有空气了。除了太空和星星什么都没有。

龙的嘴巴张得大大的发出了类似野马嘶叫的声音。近听就知道龙发出的声音原来就是这样的。丁孙王子睁开了双眼。他看到了一束锥形的火焰。在地球上人们把这种火焰称为"扫帚星"。但是再把眼睛睁大一点，他发现原来那是另外一条龙，那条龙粗重的呼吸吐出来就成了一束彩虹的样子，而且呼出的气体绵延得很长。更多的龙出现了，丁孙想可能是快到它们的龙窝了。他祈祷着，多么希望自己有一副健壮的胳膊。

伴随着一声尖叫，那条龙收起了翅膀，轻轻地降落在了一片银色的平原上。旅途结束了——月亮就在脚下。

龙王就住在底下的宫殿里统治着月球。宫殿的入口很普通、很小，通过入口只能看见里面闪耀着的光芒，但是宫殿里面的装饰可是豪华到了极点，刺绣的壁毯做墙，碧玉做地板，透明的月亮石用作天花板。丁孙跪在王室里，高高在上坐着的是龙王——丁孙现在还是扮演着一位少女的角色。他跪在那里好像是在祈求怜悯。

"她并不像我所想象的那样美，"龙王怒吼着，"带她下去吧。希望过几天她会变得漂亮点。喂她吃芝麻和香菜籽。啧啧。瞧她走路的那架势，太难看了！"

丁孙王子躺在床上辗转反侧，心里思考着怎样才能打败绑架他的龙。远处传来丝绸衣服摩擦的声音打破了黑夜的沉寂。一位少女微笑着在他面前弯下了腰。

"噢，真高兴看到你没有像其他的公主那样哭泣，你是从地球还是从金星上来的公主？"

"我从地球上来。"丁孙说道，但是他忘了让自己的声

第十章 月亮女神

音听起来温柔些。这位月亮女神听了他的声音吓得退缩了一下。

"你不是一个公主?"她质问道。

"是的,我不是一个公主。只是为了假扮公主才穿这样的衣服。我叫丁孙,是一个王子,在地球上的时候是王子。现在我叫昌盘——是你的奴隶。"

月亮女神很容易就相信了他说的话,就走进房间跟丁孙或者说是卑微的昌盘攀谈起来,他现在就这么称呼自己了。她告诉丁孙她过去跟父母一起住在遥远的月亮的另一边——后来龙来到了她的家乡。现在她的父母都不在了。等到月光最亮的狂欢季节时,龙王就会娶她为妻了。她知道一共有多少条龙——二十八条,每天晚上出现一条,这些龙绝不会在同一个时间一起出现。只有用龙王的剑才能杀死这些龙——那把剑也可以杀死龙王自己。但是——王子的希望又破灭了——龙王总是把那把剑系在腰间。当然了,龙王也有睡着的时候,但是他一天最多只睡一次,而且每次只睡几分钟?那他什么时候会睡觉呢?就在月亮落下去的时候。

于是,丁孙就穿着那件纯白无瑕的少女衣服出现在了睡着的龙王面前,他轻巧地取下佩戴在龙王腰间的剑,但是还是弄醒了他,丁孙马上用剑砍死了他。砍死龙王的剑

115

还挥舞在半空中，就听到剑又劈在了一条龙的头上，那条龙本来是在保护龙王不受到伤害的。

王子沉浸在杀死龙王的喜悦中，但是他并没有因为这一点胜利而冲昏了头脑，他的伟大使命才刚刚开始。他时刻都有生命危险。死亡就潜伏在他的周围，在一步步向他逼近，可能眨眼的工夫他都能丢失性命。

王子白天的时候睡觉。晚上他就守在进入皇宫的入口处。一看到有龙爬进它的老窝，丁孙王子就会用龙王的剑刺穿它的心脏。每条龙只捅了一刀，一个月过去了，所有的龙都被杀死了。英勇的王子殿下摧毁了这一窝龙。他的计划执行得非常成功。现在他可以安心地回家了，去请求云池公主嫁给他。那将是一个幸福美好的日子。现在他就很高兴了……而且是感到异常的幸福……他为什么不开心呢？王子坚决地问自己。但是他高兴的理由并不是那么充分。他心底不是很愿意就这样离开月亮女神。他的理由也是空洞没有说服力的。他其实并不高兴，而是感到伤悲。他开始渐渐喜欢上了这个另一个世界的公主。

当王子来跟她道别的时候，月亮女神正在熟睡。他不想吵醒她了。他得马上离开——只需要看她最后一眼就行了。熟睡的公主正在做梦，还说起了梦话。有那么一瞬间，年轻的王子有点犹豫了。他听到她在梦里叫自己的名字，他

第十章 月亮女神

听到了更多的梦话——这些话让他震惊了,足以削弱他离开的意志。再多听一会儿,丁孙王子就很有可能留在月亮上不走了。但是他真的不能再听了。他箭步冲出了皇宫,为自己的软弱感到羞耻,也为自己的尊严感到骄傲。

在丁孙勇敢地跳出月球时,月亮就低低地悬挂在东海的上空。他掉进了轻柔的海水里,因此没有摔伤。在他跳出这一步时,幸运之神是伴随着他的。一艘满载着野心勃勃的水手的轮船恰好驶过他的身边,救了他。否则,他跳下去的那个地方也就是他的葬身之地了,因为船好几年才会经过这么一个偏僻的水域一次。水手们把他救上了船,把他放在了甲板上,很是尊敬地对待他。因为在水手们看来,他肯定是一个神——没错,一定是,他不是一个伟大的神又是什么呢?

当轮船在麻港抛锚的时候,丁孙王子第一个走上了岸。他发现这个城市正在举行什么庆祝活动,正在为一对新人点燃五颜六色的彩纸,高兴地弹奏着乐曲。见到一个陌生人,他就上前搭话打听起来,人们为什么这么开心地庆祝,并解释说自己刚刚从一个遥远的国家来到这个地方。

陌生人回答道:"我们在庆祝一对新人的婚姻,尊敬的人士。王子严娶了世界上最美丽的新娘。你是从哪个国家来的?"

"王子严跟谁结的婚？"丁孙问道。

"怎么，这个你都不知道啊，当然是云池公主了。你刚才说自己是从哪个国家来的？"

"你说的可是千真万确？"太子惊讶地问道，"我从月亮上来。"那个陌生人听了吃惊得眼睛睁得圆圆的，嘴巴也张得很大，王子丁孙看他在那里愣神，自己赶快离开了。他必须得赶快走了。他的脚步迈得跟他的心跳一样迅速。云池公主原来已经结婚了。皇帝禅高没有信守诺言。他还不如留在月亮上好呢！至少在月亮上还有一位他爱的人……

他只是停下来打了个盹儿，王子丁孙就直接踏上了去昆仑山的那条路。在昆仑山住着一位善良的母亲神，她是一位法力无边的魔术师。丁孙向她发了誓说出了自己的愿望，结果他就得到了自己想要的东西——由凤凰翅膀上的毛做成的羽毛翅膀。

前方的路还很长。而且充满了荆棘。但是他的心是坚定的，而且必须得到满足。翅膀坚定地拍打着。丁孙划过天空。在地球和亮着的月亮之间可以看见他的身影——离银色的月球越来越近了，快要到龙宫了，马上就要见到公主了……王子丁孙回到了他的月亮女神身边。

第十一章　瞌睡虫的故事

很久以前，在中国的南方有一个叫阿茶的男孩。阿茶是个孤儿，但他跟一般的孤儿还不一样，这是一个与众不同的孤儿。一般来说孤儿的生活都是极度贫穷的，这几乎是一种普遍现象。但是，阿茶却与众不同，他非常的富有。他拥有七个农场，有七七四十九头牛和马来拉犁耕田。他还有七个磨坊，磨坊里有足够的煤炭来烧。更厉害的是，他还有四千块金条，还有一只白色的猫。

阿茶的农田土壤肥沃，而且幅员辽阔。他的牛马在地里卖力地拉犁。他的磨坊里从来不缺谷物，风源也是充足的。他的黄金也都是上等的纯金，一点黄铜都没有掺加的纯金。这件事是毋庸置疑的，没有哪个孤儿小小年纪就能过得像阿茶这么生活富裕的。

阿茶还是个大忙人，太阳升起的时候，你在床上是看不到他的人影的。大早上一开始他就从一块田地到另一块田地检查工作，还到每个磨坊里巡视一圈，催促着雇工给他马不停蹄地干活。太阳落山了还见他在不停地忙活着，从一个地方赶到另一个地方，劝导雇工再为他多干一会儿。月亮当头的子夜时分，他还在忙着把木头堆成一个大圈，然后又回到家里忙着穿钱，就是把带孔的铜钱都穿到一根绳子上。他拥有的农场数量逐渐增多，现在多到了有八九个，他家的马匹数目也壮大起来。磨坊也多到了有十来个，还多养了一只白猫。成为世界上最有钱的人就是阿茶的奋斗目标。

给这个富有的阿茶工作的人，私底下渐渐开始抱怨起他的苛刻。他们拿到的工钱跟要饭的差不多，但是他们是靠出卖自己的体力可不是乞讨而过活的人！他们工作的时候，只听到不断地催促他们快干活的声音："快干，快干，速度快点。"有个叫女巫的年老妇女在阿茶的地里用耙子耙东西，她就说："我们的主人就像是只狡猾的狐狸，我们就像兔子，被他追在屁股后面，必须卖力地干活才行，围着地干了一遍又一遍，还老是催促我们快点，快点。"她的丈夫叫胡叔，是专门捆绑稻谷的，他就说："不是兔子，我们更像是

第十一章 瞌睡虫的故事

马,我们就像良善的马一样被骑在身上……"要说起来这个可是一个很长的故事。

但是阿茶却对抱怨他的人说道:"你最好还是快点干活吧,最能干的女巫,你没有看到天上正乌云密布,在打雷了吗?"又转身对她愁容满面的丈夫催促道,"干快一点,求你了,尊敬的胡叔,因为在炊烟升起之前必须得把粮食收到仓库里去。"

阿茶吃过晚饭后,又打着灯笼到他最大的那个磨坊巡视去了。一只蹦跳的老鼠把他的注意力吸引到了地板上。他发现地上有至少十几只老鼠在吃粮食,一些老鼠发现他在看,就盯着阿茶一动不动的,好像是在想该逃跑呢还是继续吃大餐,还有一些老鼠咬牙切齿地看着他——好像是在说,你是谁啊?还在不管不顾地继续大嚼着粮食,似乎对来人一点儿都不介意。就在距离老鼠不远的地方蹲着一只硕大的猫,在长满青苔的石头上睡大觉,这只猫是黑色的,就像在漆黑的夜里掉到污水沟里的乌鸦的翅膀一样黑。它身上的毛就是这么黑。它的脸看上去似乎还要更黑一些。阿茶以前从来没有见过这只猫,这猫不是他的。但是不管这只猫是不是他的,他觉得这事好像是有点不合情理,看到这么多老鼠在这里狂欢暴食它却在睡大觉。老鼠就在这只猫的爪子旁边跑来跑去的,但是它还在睡觉。这可惹恼了阿茶。他打着灯笼用光照它的眼睛。它还是一动不动地睡觉。这下阿茶是真的生气了。他决定教训一下这只懒猫,他的磨坊可不允许有睡觉的懒鬼存在。

他顺手抓起了一个空麻袋就朝这只懒猫砸去,砸的是相当的准,一下子就把猫给砸翻了。"嗨,蹲在那里的懒畜生!"阿茶愤怒地骂道,"你给我听好了,给我机灵着点。"但是这只猫刚站稳脚跟就忽然变成了,变成了……女巫……变成了女巫那个老女人,就是给他在地里干活的那个妇女……她竟然是个巫婆。还不知道她到磨坊里来干什么吗?但是有一点是不用怀疑的,那就是磨坊里有粮食,粮食可是值钱的,只能这么解释了。对于她为什么这么困也不需要多解释了,一整天都在地里干体力活,她当然会这么瞌睡了。

女巫的愤怒甚是激烈,而且是一触即发的。她伸出弯曲变形的手指,指着阿茶大声诅咒起来:"天哪,你这个无情的守财奴!就因为心疼老鼠吃掉的那些值点臭钱的粮食,你就这么狠心地打我。你让我整天像奴隶一样地为你工作——而且还巴不得我晚上都为你工作。现在你打了我,还打扰我睡觉,那好吧,既然你不想让我好好睡觉,那我就让你十二个小时里睡上十一个小时……现在就闭上眼睛睡吧。"她宽大的布满皱纹的手掌抚过阿茶的脸,然后她又变成了一只猫,跳下了楼。

第十一章 瞌睡虫的故事

她刚下了三个台阶,阿茶就开始特别想睡觉了。他感觉就像是刚刚咀嚼过白色的罂粟花瓣,还像是吃了灰色的月亮花的花蜜似的。眼睛半闭着,他磕磕绊绊地跌倒在了一个盛粮食的大缸里。双膝跪了下去,他就像一只榛睡鼠一样倒在那里。他睡觉的样子也像榛睡鼠。

就从那一刻开始,阿茶的命运发生了变化。那个咒语很快附在了他身上,他一天只有九分之一的时间不在睡觉。再也不能监督他的雇工们干活了,雇工们想干的时候就干一点,而且他们想干活的时候是很少的了。他们逐渐变得懒散起来——而且就这样永久地懒散下去了。更严重的是,他们以最卑鄙的方式偷阿茶的东西。阿茶的磨坊里的粮食被偷光了。他的土地也不再肥沃。马也不见了——迷路走掉了,大家是这么说的。最倒霉的事情也降临了,倒霉的阿茶被传唤到县官的衙门里去,有人一纸诉状把他告上了法庭。告他的邻居说阿茶的大黑猫吃了他们家好多只鸡。而且有人发誓作证说确实看到此事发生。还有更多的人也证明说阿茶的那只大黑猫有问题。阿茶睡得太死了,根本无法辩解说那只猫不是他的……于是县官只能判决让猫的主人来赔偿损失了,还要承担诉讼费用。

从第一次进衙门之后,阿茶几乎每天都会被传唤去衙门一次。第二个邻居来告他说阿茶的黑猫偷走了他一群羊。有一个邻居告他说他的黑猫偷了他一群牛。对他的指控越来越严重。但是不管状告他的诉状多么荒谬，睡在关囚犯的笼子里的阿茶总是会输了官司，被判决赔偿损失。他的钱很快都到了别人的手里。他的磨坊也都被夺走抵债了，他的农场全部用来支付诉讼费了。在他宽广的土地中只剩下了一小块——而且那小块土地上长满了毫无价值的灌木丛。家里所有的楼房也判给别人了，只剩下了一间茅草屋，阿茶大部分时间就待在这个茅草屋里睡觉，因为咒语还附在他身上。

  现在，就在满是巨石的大山边上住着一条体形庞大、凶猛的龙，就是外国人所说的怪物。从它长满利齿的嘴到它的影子算起，这只庞大的野兽比一个大仓库还要大，除了体形比其他的龙要大之外，它跟其他的龙没有什么区别。这条龙的脑袋长得很像骆驼的头。长着一对类似鹿角的角。眼睛跟兔子的一样往外凸着，脖子跟蛇的一样长。它还有许多只脚，笨重的脚上长着老虎的爪子，而且它的脚形状就像是沙发垫子，胡须类似海象的，呼吸时会吐出红蓝相间的火焰。声音巨响就像是同时敲打上百个铜质的壶时发出的声响。身上长着类似鱼鳞的斑纹，翅膀上长着乌黑的羽毛。就因为羽毛的颜色，人们通常把它叫作乌龙。如果这样说的话，乌色就是既不是白色又不是粉色的颜色了。

第十一章 瞌睡虫的故事

这条乌黑的恶龙并没有受到大家的尊重。因为它的习惯就是吃人——如果人长得小的话就吃两个——它成了越来越不受欢迎的龙。还算好的一点是,它只在夜间出来觅食。那些习惯晚上九点就上床睡觉的人就不用担心了。那些在外面溜达到深夜的人,就会突然莫名其妙地失踪了。

大家都知道,猫也是喜欢在夜间出来觅食的动物。那只黑猫女巫也不例外。午夜时分它还经常在几英里远的地方闲逛。一天晚上子夜时分,正当她以女巫的样子在逛游时,一条乌黑的巨龙朝她走来了。龙是顺着气味来寻找猎物的,而且它很快就发现了这个老巫婆。

结果就上演了一场有史以来陆上海上最激烈的追逐战。翻山越岭,跋山涉水,母猫飞行着逃跑,乌龙穷追不舍。女巫很快跑得喘不上气来,她气喘吁吁地跑不动了,在那里呼哧呼哧地喘气。一个荆棘绊了她一脚,衣服也被爪子划破了。根本就没有安心休息的时间了。于是这个遭受追逐的女巫变成了一只猫开始跳着逃跑起来,它那一跳就是半里地远。龙也加快了步伐,马上就要追上的样子,几乎都要超过了。有个最奇特的事实我们需要说一下,龙跑的路程越长它的呼吸就越容易,跑的速度也越快。因此,这也难怪它喷出来的火焰烧焦了那只邪恶黑猫的后背。

眨眼的工夫那只猫又变了形,变成了一个女巫的样子在苜蓿地里狂奔着逃命。她也不过是一个有着普通功力的巫婆。因为她只能变成两样东西：猫和女巫。她的法力根本无法让那条饥饿的乌龙停止追杀她。尽管如此，女巫并没有放弃求生的欲望。她知道在这块苜蓿地的尽头就是阿茶那隐藏在灌木丛中的简陋的茅草屋。茅草屋周围的灌木丛非常密集，灌木丛就是一堵墙完全可以挡住女巫的去路。作为一个能力有限的女巫，她根本无法穿过厚厚的灌木丛。但是，要是变成一只猫的样子的话，她可以畅通无阻地通过那片灌木丛，这样的话乌龙追起她来可就要麻烦了。就这样计划了一下，女巫一下子冲进了灌木丛中——变成了一只猫。

阿茶忽然从睡眠中惊醒了过来，他从来没有听到过如此刺激耳膜的巨大声响。灌木折断的声音响彻黑夜，加上可怕的野兽的嚎叫声，简直都能吵醒一百年前就死去的人。平常睡觉很死的阿茶一开始就被吵醒了。他很快就意识到发生了什么事情，——或者说是什么东西在跑。幸运的是，他听说过一个唯一能吓走龙的有效方法。把门打开，他就点燃了一些红色的、绿色的、黄色的鞭炮扔到了这个怪物必经的路上。

忽然那只跑得精疲力竭的女巫——猫，从开着的门缝里挤了进来。"我就想不通了，你怎么就不早点开门呢？"

第十一章 瞌睡虫的故事

她生气地责备着阿茶,又变回了一个女巫的样子。"我都围着你的茅草屋转了三圈了,你这个坏家伙才开门让我进来。"

"真的对不起,尊敬的女巫。我睡着了。"阿茶急忙道歉道。

"唉,以后不要再这么能睡了,"女巫绷着脸说道,"否则有你的好果子吃。快去给我拿点吃的和喝的。"

"尊敬的女神,再给您赔不是了。我太穷了,只能给您水喝了。我吃的饭也只是树叶和灌木的树根。"

"没关系。你有什么就拿上来吧——速度快点。"

阿茶就走到门外,从灌木上捋了一把树叶。然后又把树叶扔到了烧开水的壶里,就这样做好了饭。做完饭他接着就躺下打起盹儿来,因为他已经醒了有六分钟了,现在睡意越来越强烈。

女巫很快吃完饭又离开了,连个道谢的话都没有说。当阿茶再次醒过来时,发现他的客人已经走了。可怜的孩子出去又抓了一把树叶回来放进了水壶里,随后就把水喝下了肚。因为他必须动作快点,有好几次他都是杯子端到嘴边的时候就睡着了——最糟糕的是把他给烫着了。喝了几口水后,阿茶就伸了一下懒腰准备继续睡觉。但是五分钟过去了……十分钟过去了……十五分钟过去了……他的眼睛还是没有闭上。于是他又多喝了几口水,感觉比刚才更清醒了。

"我想,"阿茶自言自语地说,"她肯定是在我的灌木丛上施了魔法以此来感谢我。她在树叶上施了法术来赶走我的瞌睡。"

女巫确实这么做了。每当阿茶感觉累有点想睡觉时——开始的时候他经常还是这样——他只需要喝一点被施了法术的树叶熬的汤就好了。睡意立刻就消失了。他的邻居们很快也知道了那种灌木的树叶可以治疗瞌睡。他们开始喝起了这种神奇的树叶熬的水。人们对这种树叶的需求越来越高,于是阿茶决定开始收费卖这种树叶了,需求还在不断地增长。于是他就种了更多的这种灌木,也挣了更多的钱。

全省的人民都开始称这种水为"阿茶的水"。随着时间的推移,他们就直接把这种水简称为"阿茶水",然后又简称为"茶水",最后干脆就称之为"茶"了。

于是就有了今天的名字,"茶",西方人称之为"Tay"或者是"Tea"。有一种茶到现在还叫"乌龙茶"——"黑色的龙茶。"

第十二章　渴望下雨天

江辛是个经常下雨的地方,而且雨下得都比较大。一片云彩一阵雨,这片乌云刚下去,另一片乌云又接踵而至。雨点不分白天昼夜地滴答着,蹲在睡莲叶子上的青蛙呱呱地叫着"多下点,多下点!"老人习惯睡觉的时候戴着斗笠,而不是戴着夜间用的男士毡帽。许多年轻人对于"太阳"这个词的含义还是很模糊。一会儿是倾盆大雨,一会儿又是轻轻拍打的小雨,有时候是毛毛细雨,就这样淅淅沥沥地下得天昏地暗。江辛的气候基本上就是这样的。

对于江辛这个地方为什么雨老是下个不停,人们给出了三种解释。

一些人说是因为掌管云彩的神雨氏住在周围的日光山上的缘故。

还有一些人坚持地认为是由于那个伟大的弓箭手——沐爷,这个调皮的家伙朝江辛这个地方的天空射箭太多,因此天上都是窟窿。显然,满是箭孔的天空当然会漏雨了。

还有一批人,也就是那些年老的见多识广的人了,他们觉得是梅里一直在为她死去的英雄丈夫——魏生哭泣的缘故。

天知道到底哪种说法是对的。或许这三种说法都有可能,他们都该受到责备。唯一可以确定的事实是,江辛这个地方下的雨太多了,以至于住在这里的宛妇喜欢上了这种潮湿的气候……真的喜欢这样的天气吗?实际上是讨厌吧!

宛妇可是一位如花似玉的美少女——毫不夸张地说。她那一头乌黑亮丽的长发在江辛这个地方可是最美的。但是姿色也是她唯一的财富了。她对于针线活儿一窍不通,不管是缝制衣物还是绣花之类的。她的厨艺那简直就是没法提。她那笨手只要一碰琵琶,那本来是音色优美的乐器被她这么一触摸,那声音能把鬼都吓跑。她甚至连床被子都不能整齐地铺在炕上。床总是被她整得坑坑洼洼的,高低不平。在头发需要磨光打亮的时候,她又怎么能把床整理好呢?她甚至都不知道用扫帚的哪一头扫地。当她的头发

第十二章 渴望下雨天

需要抹头油的时候,她哪有时间来扫地啊?地板上的垫子也是铺得杂乱不堪。寡妇每天都把头发梳得溜光,梦想着能嫁给一个皇亲贵族,能荣耀地坐着轿子离开这个下雨的鬼地方。江辛这个地方的雨真是讨人烦啊!

这也怪她那老父亲秦赤,变得穷困潦倒。他的财富一点一点流失了,最后剩下的唯一财富是一座宽敞的、但是装饰简陋且管理不善的房宅。尽管如此,这座大房子从外面看上去还是比其他人家的房子要好得多。因为这是平镇村里最漂亮、最引人注目的大院。

大院的规模和外形在关键时候是要发挥显著作用的。在一个魔鬼般的黑夜,滂沱大雨敲锣打鼓般下着,秦赤忽然听到一阵很激烈的用权杖砸大门的声音。"开门,皇帝驾到!"外面的声音命令道。秦赤立刻打开了大门。跑进来一群穿着皇家侍卫衣服的人,手里拿着象征着地位的镶着金的棍棒。"赶快准备饭菜款待我们杰出的郝楚皇帝。尊敬的皇帝陛下很快就要驾到了。快点准备吧。这是命令。"

从来没有招待过达官显贵的老秦赤,更是没有见识过皇帝的真面目。他又激动又害怕,心狂跳个不停,双腿也不听使唤了。他只能卑躬屈膝地趴在地上,嘴里含糊地说着自己真是一无所有。但是,貌若天仙的寡妇并没有怎么害怕。不就是一个皇帝吗?让他来好了。有什么就说什么呗,皇帝也是人啊。家里没有吃的怎么办？呀，呸。商人都是不讲信用的吗？那怎么办？没有哪个商人不讲价还价的。那就试着跟他讲讲价钱看怎么样？

窕妇一把拿起那把不经常用的绣花用的剪刀。咔嚓，咔嚓，咔嚓。一下又一下的。剪下了她那把瀑布般的黑色长发。剪断了一绺又一绺。她那头令之引以为自豪的乌黑秀发就这样掉在了地板上。她牺牲了自己乌黑有光泽的头发，准备给皇帝换取一顿丰盛的晚餐。她迅速地把父亲的斗笠戴在头上，冲出了家门。换东西的时候没有遇到什么麻烦。第一个商人给出的价钱还算合理，窕妇也没有时间再讨价还价了。她用卖头发的钱买来了烧鸡、米饭，还有一些其他的饭菜，凑成了一顿晚餐。

皇帝郝楚很早就驾到了。尽管天气不好，但是皇帝的精神状态极佳。这是一个比较善解人意，又开朗豁达的皇帝，很快他就让老秦赤放松了很多。这顿晚饭准备得色香味俱全。这可是几年来秦赤家准备的最丰盛的一顿饭菜了。而且这顿饭菜可是窕妇的秀发换来的。几杯酒下肚后，皇帝郝楚询问起他的马怎么样了。再说一遍，他可是考虑最周全的君主了。他希望确定一下自己的坐骑是否被牵进了淋不到雨的棚子里，是否在低着头吃马槽里的粮草。秦赤愉悦地告诉皇帝放心，已经给他的马安排了足够丰富的美食。除

第十二章 渴望下雨天

了这样说,他还能怎么说呢?但是,他还是要去确实一下,到马厩里看看。

当然了,那匹马一口饲料都还没有吃。马厩里除了一小把干草,是一点豆荚、豆秸都没有。秦赤正在绝望地哭泣的时候,寃妇抱着她卧室地板上铺的草垫子出现了。这是一个用上等的干净的茅草编的草垫子。寃妇把草垫子拆了放进了马槽里,马槽瞬时被塞满了。这就是给皇帝的坐骑提供的食物了——尽管一点营养都没有,至少还是能抵饿的。

皇帝可以通过很多方式,听到一些谣传的消息或者是闲言碎语的。对于那些想得到皇帝的宠爱的达官贵人们来说,他们是很有手段让皇宫里的人知道他们的存在,皇宫里的人也像麻雀一样消息灵通(而且,有个历史学家曾经写过一篇长达好几页的文章来证明寃妇是个巧舌如簧、能言善辩的人,她知道如何说话对自己有利)。尽管有些需要保守秘密的规定,消息还是会传播出去的。不到一天的时间皇帝就听说了少女寃妇是如何用自己的头发给自己换来了一顿丰盛的晚餐。他也听说了关于那个被撕碎的草垫子的事,皇帝知道这些事情后坐在宝座上大笑起来。因为他大脑中闪过寃妇剪成一头短发的样子该是多么的奇怪——就像一千多年前的少女的发型一样了。想到这里——他也开始行动了。他对内务大臣吩咐道:"准备一个房间,把里面挂满橘黄色的丝绸。"又对财政大臣吩咐道,"赐给县官秦赤十二根金条。"负责婚姻事务的大臣也收到了皇帝的命令,"给我和江辛的少女窕妇安排一场隆重的婚礼。"一切安排妥当后,就等着办喜事了。

郝楚皇帝对一切都非常满意。老家伙秦赤可是世界上最幸福的人了。少女窕妇也非常满足——终于在皇宫里有了一席之地。她身上现在穿上了华丽的贵族服装。只要她打个手势就有下人来服侍她,下人们就可以给她叩头请安。她现在戴的是价值连城的珠宝首饰,吃的是山珍海味。顺便提一句,宠爱她的丈夫是当今的皇帝。她拥有了一切东西——除了雨。

大家是不是有点难以相信,窕妇现在竟然特别地想念家乡江辛的雨了?这可真是身在福中不知福,竟然还真有这样的事情发生。窕妇开始怀念家乡潮湿的天气,似乎对阴雨连绵的江辛比以前更加喜欢了。当皇帝给她送来新的项链时——她就会使性子把项链扔掉,嘴里嚷嚷着说她想要雨——"天哪,我想要天下雨。""好吧,我让天给你下雨。"皇帝答应了她。他下令安装了上万个喷水很高的喷泉,这一事都快把国库的钱花光了。"满意了吗?我的大美人窕妇。""一点儿也不满意,"她苦恼地说,"这一点儿也不像江辛的雨。为什么树都没有变绿呢?树还是光秃秃的,

第十二章 渴望下雨天

一片树叶都没有。天哪,多么希望天能下雨啊——能带来绿色的雨。"

现在的树当然是光秃秃的,只剩下褐色的树干了。因为寒冷的冬天残酷地脱光了树身的衣服。皇帝郝楚盯着光秃秃的树干看了好久,忽然想到了可以带来绿色的好方法。他很快下令召见皇家的裁缝,对裁缝命令道:"你去国库里取上百匹绿色的丝绸,把这些丝绸剪成树叶的形状。再把这些剪成的树叶用蜡粘到一起,然后把它们缝到光秃的树枝上。你技术一定要高明一些,必须做到眼睛是看不出那些树叶是假的。快去!"这个皇家裁缝迅速雇来了城市里所有的高级裁缝,这些能工巧匠们有的负责裁剪树叶,有的负责缝制。一夜之间所有的树都披上了一层绿色。令人欣喜的是,皇家裁缝还超额完成了命令,因为他还在桃树上绣上了漂亮的粉色鲜红。为了更逼真些,他还在地上撒了散落的花瓣——就好像花谢了后从树上落下来的。

有那么好几天,窕妇看上去心情都很不错。竟然又一次她开口笑了。但是,她心情好的那几天总是那么短暂,很快就过去了,她以前的坏脾气又回来了。"现在你又想要什么呢?我的南海明珠啊!"皇帝急切地问道,"是因为树叶不再新鲜了吗?还是你现在不喜欢它们了?""不,那上面的根本就不是树叶。它们是很像我家乡的树叶,但是我现在又怀念家乡的风了。我现在特别想听到江辛大风呼呼吹的声音，风吹着雨点敲打在我的窗户格子上的响声。天哪，要是能下雨该多好啊！"

可怜的皇帝郝楚这些可是犯难了。到哪里去弄风啊？怎么才能刮风啊？风从哪里来呢？……请问泰山上连根拔起的松树，它是怎么能产生这么大的狂风的。半个时辰过去了——在那个国家半个时辰是六十分钟——灵感终于来敲门了。他再次召见了皇家裁缝。他告诉裁缝说："去买一大批上好的丝绸回来。然后派一些你最强壮的手下站在远处的窗户边，让他们把丝绸都撕成条状——撕扯的声音越大越好。"说完这番话，皇帝郝楚就打算到国库里看看黄金用掉了多少了。

于是一伙身材魁梧健壮的人排开站在了窕妇窗户外面。手里攥着结实的丝绸，开始扯起来。"呼哧，呜呜"的风声响个不停。有那么两天窕妇的眉头舒展开了，心情也格外的好。实际上她还细声细气地跟皇帝打了招呼。但是，可怜的皇帝竟然没有听到。因为他大脑里还在不停地思考下次的任务将是什么，他该出什么招，又要花掉多少黄金。

一百大捆丝绸几乎都被撕扯完了，窕妇又发脾气了，她不高兴地把王冠扔出了房间，开始哭泣起来。"亲爱的，又怎么了？到底怎么了？"郝楚急切地问道，"是因为风刮得太

第十二章 渴望下雨天

大了吗?""不是,这风听上去是像真的一样,而且听到我也很高兴,但是,我还是想念——天哪,我开始想念江辛的打雷声了,还有能把大树劈倒的闪电。我怀念这些东西,真希望天下雨啊——真的下雨。"每说一个字她的眼泪流得更厉害了。

时值皇帝的大军驻扎在皇宫大院里。于是皇帝就紧急召见了统领三军的张将军,把皇后的心愿跟他说了一遍——当然也是在下命令了。命令刚下去就要马上执行的。士兵们脚穿厚重的鞋子在皇后的阁楼窗户下来回地踏步走。"嘣,嘣。嘭,嘭。"你觉得我们制造的雷声够逼真吧?大小锣鼓也敲了起来,此起彼伏,响彻天际。"啪,啪。嘣,嘣。"士兵们整齐地列队踏着步。一天过去了,两天过去了,三天过去了,四天……士兵轮流踏步走着,一批睡觉的时候,另一批接着上阵。"嘣嘣嘣",阳光照在他们的矛头上反射出耀眼的光芒——产生了闪电。晚上的时候就用闪烁的火焰来制造闪电。

令人满意的是窈妇这次非常的高兴。吃饭也有胃口了,脸上也不再泪水涟涟。她还柔声细语地跟皇帝说话了——有那么好几次都是很温柔的。要不是甘肃的军队发生了叛变的话,一切都进行的那么令人满意。军队立即赶赴战场——张将军挥舞着战剑下令,敲鼓的那个年龄最小的男孩也趁机逃跑了。刚好是在午夜时分。

天刚刚破晓的时候，行军路线上的烟火也点燃了。这意味着"停驶行军"。军队停止了前进的步伐。在火把再次点燃的时候，上面又下令让他们"返回"。

寡妇这下又开始忧郁起来了。她希望再听到战鼓雷鸣的声音，好让她想起家乡江辛的雷声。可怜的皇帝除了召回军队还能做什么呢？甘肃的叛军继续逍遥法外。这下张将军作为一个老兵发牢骚了——而且是相当激烈的——像一个他手下的小将领。但是不用理会这些，就让锣鼓继续敲着吧。

叛军扩散到赣西地区的时候，皇帝才感觉事情变得严重了。是该教训一下那些不知天高地厚的叛徒了。于是皇帝又派大军出发了。

一天过去了，皇帝的军队还没有收到返回的命令。夜幕降临了，大军还在大踏步行进着……忽见山顶上燃起了一炷火焰，那是报告军情的火焰。火焰是在告诉军队"返回"。"我不会回去的，"张将军说道，"我已经厌倦了皇帝的反复无常。况且，现在还在下着雨。继续前进！"

军队进入了甘肃，并在那里遭遇了叛军。战争的激烈程度难以用语言描述。对于那些企图逃跑的叛军只说一句就够了，他会很难保守关于这场战争的秘密。在本书中我

第十二章 渴望下雨天

们就没有必要再提及他了。

张将军对这场战争的胜利喜出望外。皇帝当然会对战绩感到十分满意。皇帝陛下,就是皇帝本人骑着战马亲自赶来了,蹒跚在战场上。"你们为什么不赶回去?"皇帝气喘吁吁地训斥道。"我……我……"张将军结结巴巴地答不上为什么。皇帝又继续发话了:"塔塔尔人几个小时前扫荡了我们的国家,抢走了我的皇后,洗劫了我们的国库(尽管国库是空的),还逼着我四处逃命。他们抢走了我亲爱的皇后啊!"

"真是欺人太甚!"张将军盯着自己的衣服袖子感叹地说道:"但是我的军队也累得精疲力竭了,他们没有力气再前进一步了——关键是,因为下雨,路上连马也走不成了。"

第十三章　风筝的来历

汉生个子不是很高。他的身材应该算是比较短小的了,就像一个月里一个白天的长度跟所有的漫长黑夜比起来那么短。但是作为弓箭手的领军人物,他的地位是相当高的。作为世界上第一只风筝的发明者,他的地位更是无人能比的,于是就流传这么一种说法"跟汉生一样高。"

汉生出生的那天晚上可是与众不同的一晚。那是个充满恐惧和肃穆的黑夜。掌管天上的星星的神在那天晚上手颤抖个不停。他的手指忽然瘫痪,拿不住任何东西了。星星一颗接着一颗地掉落在了地球上,人们默默祈祷着上天保佑,泪水流个不停,他们还放起了鞭炮。星星从天上坠落下

第十三章 风筝的来历

来可不是个好的征兆,人们都深知这一点。因此,他们害怕地颤抖着。

但是在那些坠落的星星当中却有一颗又升上了天空,好像是神挽救了它,又像是神故意把它扔得比较高。当其他的同伴们都在坠落的时候,这颗星星却升得越来越高。见多识广的人和研究星空的占星家认为:"那些降落的星星说明是有伟大的人物死去。而那颗升起的星星——那颗星是将来的一个伟人——他就在今晚出生了。"

村子里博学的人们就一直关注着汉生的成长。他就是在那个有颗星星升上天的夜晚降生的。他们认为汉生就是那颗星的守护者。他们认真地观察着,好验证自己的预言。但是好多年过去了,汉生的所作所为令他们很失望。他以非常普通的方式把葫芦挂在身上。从他踢球的架势一点都看不出伟大人物的影子。但是占星家们还是坚持着自己的预言,继续观察着——最终他们的预言应验了。

有一天,天空中下起了不大不小的雨,但是那雨足以淋湿大地了,大的足以让人们躲起来避雨。雨噼里啪啦地下着,但是汉生却没有来躲雨。一个愚蠢的家伙看到了汉生就嘲笑着说:"看看我们将来的伟大人物吧。他笨的都不知道躲雨,哈哈哈。这就是聪明的伟人啊。"

一个年老的占星家发话了:"住嘴,傻瓜。你没有看到那个年轻人正在搭桥吗?跟我一块过去看看。"他们走近了仔细地看了一下,积水在大街上形成了一个小岛的样子。在那个小岛上爬着许多的蚂蚁。但是因为雨水在不停地上涨,这个小岛变得越来越小——蚂蚁的数目也在不断减少,许多的蚂蚁都被水冲走淹死了。汉生就在这个小岛和大陆之间架起了一座小桥。蚂蚁们很快发现了这座桥,从这个桥上爬过到达了安全的地带。

"这就是一个预兆了,"年老的占星家高兴地说道,"是个好的预兆。他对蚂蚁这样的小生灵都发善心。蚂蚁会记得他的恩德的。将来有一天蚂蚁会回报他的——帮助他成为一个伟大的人物。"

汉生在皇帝经过后的路上捡到了一把用上好的铁打造的短柄斧。村民们都不知道这把斧子是谁的。于是大家就让汉生先保存着这把斧子。不一会儿就传来了一声巨响——是钢铁撞击石头的声音。一个愚蠢的村民就说了:"汉生在用那把好斧头砍磨石呢——这就是天才的作为啊。哈哈哈。他用价值昂贵锋刃锐利的斧头砍一块毫无价值的石头。"

年老的占星家又站出来说话了:"住嘴,傻子。来跟我一起去看看。"一块被砍碎的大石头躺在了路边上。从这个石头的缝隙里长出来了一棵竹子。缝隙虽然很小,但是它还

第十三章 风筝的来历

是阻碍了竹子的生长。因为有石头压着,这棵竹子是永远都长不高的。汉生一直在用斧头敲打这块石头,好不容易把它劈成了两半,这样树可就有足够的生长空间了。竹子可以自然地生长了。

"做得好,"占星家赞许地说道,"他挽救了竹子的生命。将来有一天竹子会报答他的——帮助他成为一个伟大的人物。"

这件事情不久之后,这人给了汉生一个推荐信,让他去找当今的皇上。汉生就找到了皇帝那里,来谋求一个职位。他希望在军队里担任一个将领。但是皇帝刚好那时心情不好,不想接见这个男孩。于是,汉生就继续前行,来到了邻国陈州。他找到了这个国家的统治者太子陈,把推荐信递了上去。太子读完介绍信后——大笑起来。"你年龄太小了,还不能参军。我的士兵都长得人高马大的,而且体格都非常的强壮。你——太弱小了,就像个跳蚤。不能答应你的请求了。"

汉生一脸严肃地争辩说,自己力大无比,就像河里的洪水一样猛,而且请求试一试。

"那好吧,如果你坚持要这么做的话,"太子说道,"你拿起我的长矛举过头顶试一下。"

太子的长矛可是从头到尾都是纯铁打造的,而且长度比海上探险的船的桅杆还要长。关键是，为了防止长矛生锈，上面涂满了老虎油。汉生抓起了长矛试图举起它。但是他的手指在上面打滑。这个质量超重的武器被摔到了地上。

"拿鞭子来把他打出我们的城市——他真是笨到家了！"太子愤怒地大声命令道。那个掉下来的长矛差一点就砸在太子殿下身上。

一个年老的大臣上前进言道："太子殿下，您不会还打算留这个无赖流氓一个活口吧？他将来很有可能会带领军队来报仇的。"

"一派胡言，"太子不屑地说道，"他就像是一只被我踩在脚下的小小的蚂蚁——一个白痴笨蛋罢了。这么一个愚蠢无用的家伙怎么可能会召集起来军队呢？"

"话是这么说，我还是担心一只小小的蚂蚁也有可能毁了您的大事的。必须得除掉他。"大臣坚持这么说。他如此强烈地希望处死汉生，别人的话他是一句也没有听进去，最后太子答应了。"杀不杀都无所谓。但是还是按照你的意思做吧。去牵一匹马来把他拉走，把他的人头给我带回来。"

汉生看到士兵们以最快的速度赶来了，他大脑里就大概猜出了他们接收到了很严肃的命令，才如此迅疾地来的。他知道他们是打算要他的脑袋了。但是汉生跟自己的

第十三章 风筝的来历

头生活了这么长时间了,已经喜欢上自己的头了,还是比较喜欢把头放在自己的肩膀上的。但是该怎么做呢?怎样才能保住自己的脑袋呢?

想逃跑是不可能的了。也没有可以躲藏的地方。这个孩子必须动一下脑子了。

他迅速在自己随身带的竹棍上绑了根绳子,把棍子扔进了路边的一个浅浅的小水沟里。士兵们骑着马过来发现他坐在水沟的边上——钓鱼——还一边哭泣着。"出什么事了,傻子?"一个士兵询问道,"你把保姆给丢了?"汉生哭着回答说:"我饿了,还一条鱼都钓不上来。""真是个笨蛋!"另一个士兵说道,"他竟然在一个铜钱大小的水沟里钓鱼。""瞧,"另一个士兵说:"他把鱼竿扔进了水里,把鱼钩攥在了手里。真是个傻瓜,就像用石头补天上的大洞的女娲一样笨。你们觉得这个是我们要去杀的那个人吗?"他听到大家一致回答道:"瞎说,太子陈怎么会派他的骑兵去杀一只蚂蚁般的小人物呢,上马快走了。"

骑兵很快返回到了太子这里,报告说任务没有完成,说法就有很多了。那个大臣马上就生气了,提出了辞职。他坚信只要汉生还活着,国家的安全就会受到威胁。他生气的是派去的骑兵竟然愚蠢地上了那个汉生的当。更让这位大臣哭笑不得的是,太子骑上马亲自带领着骑兵去追了。

汉生正在加紧步伐朝边境的方向逃跑。此刻他多么希望立即踏上祖国的土地，并不是因为想家让他加快了步伐。汉生认为那些饶过了他一命的士兵随时都有可能返回来找他。下次他们就不会那么容易上当受骗了。因此，他的步子迈得更快了。离祖国还有好几里地的时候他发现骑马的士兵又扬尘而来了。

看着自己的头被砍下可不是一件舒服的事。有时候想想都令人烦恼。汉生大脑迅速地思索着。附近刚好有一块西瓜地。正是西瓜成熟的季节，每个瓜都长得个大喜人。这个男孩儿就蹲在了一块大石头的后面哭了起来。眼泪顺着脸颊往下流着，身体也随着抽泣声颤抖着。看得出来，他哭得真的很伤心。

太子陈立即策马停了下来。"哎呦——哭得这么伤心啊！你是不是想用眼泪淹死自己啊？"

"我——我——我饿了。"汉生结结巴巴地说。

"饿了？饿了怎么不吃西瓜啊？"

"我想吃来着，大人，可是我把切西瓜的刀子丢了。所以我只能饿死了。"

太子确信自己见到了世界上最傻的傻瓜。"什么？就因为你没有刀子就要饿死啊？……直接用个石头把西瓜砸开就行了嘛……真是个笨蛋。杀死这么一个傻瓜对我又有什

第十三章 风筝的来历

么用。我要杀了他,那些负责照顾傻瓜的神会对我不高兴的。"

一个骑兵用刀剑一下子劈开了十二个西瓜。十二个西瓜够这个傻瓜吃的了,不至于饿死他了。唉,真是太傻了!

汉生坐在地上,泪眼蒙眬地盯着红瓤儿的西瓜,目送着太子和他的骑兵驰骋而去。他的嘴唇动了一下,但是没有吃瓜。嘴唇动了一下是因为他在偷笑。

汉生从此再也没有把那张写着他出生在良辰吉日、应该有个好的归属的介绍信来给任何皇帝看,那张介绍信已经给他带来了很多麻烦了。一个偶然的机会,他加入了皇帝高林的军队,在那里没有一分钱的收入。他的名字也没有被列进士兵的花名册里。他跟所有的士兵们打成了一片,很快赢得了大家的喜爱。这个男孩的记忆力特别好,因此他记住了军队里所有士兵的名字。更厉害的是,他连每个士兵的喜好都记得一清二楚,知道哪个士兵是值得信赖的,哪个士兵不可靠。而且他知道每个士兵都是从哪个村子里来的,还可以很清楚地描述出那些村庄的大概情况。所有这些都是他从士兵们的谈话中得来的。

一场大火烧毁了士兵花名册,但是汉生很快凭借记忆力写出了一份新的花名册,上面详细地记载着每个士兵的名字、年龄、成分、父母的名字、祖籍。皇帝高林得知这个人的事迹后非常的高兴。过了不久,他就把汉生的名字加进了花名册里——而且列在了将军的行列里。

后来太子陈向皇帝高林发动了战争。太子陈亲帅三军扫荡了高林的国家,军队所到之处成了一片废墟,而且地里的粮食也被洗劫一空。汉生率领着军队向人数最少的一股军队进军。敌人们就在汉生必经的一个山道上埋伏等待着。在此处做埋伏是最佳的路段了——因为只有这么一条山路。山势险峻,没有人能爬得上来。

汉生命令士兵们脱下衣服,将里面装满了沙子,把每个口都结实得系住了。衣服做成的沙袋摆放在靠悬崖的边上,形成了一级一级的阶梯。汉生和他的军队就顺着这个阶梯爬上了山,从后面向敌人发起了进攻并俘虏了所有的敌军——从将军到厨师一个也没有放过。

第二股攻势强劲的军队退回到了蓝水河边。他们渡过了蓝水河后,烧毁了所有的桥梁和船只。敌军头目认为这样就安全地逃过追杀了,但是他忘记了留一个哨兵观察敌情。相反的是,他下令让所有的士兵都狂欢,尽情享乐起来。汉生命令他的人卸掉长矛上的金属刺头。长矛做成的空心的竹子拼到一起组成了一个竹筏。身上只带着弓箭他们就轻装上阵了,他们迅速地渡过了蓝水河突袭了正在狂欢的敌人。结果敌人准备的狂欢的美食都进了汉生带领的

第十三章 风筝的来历

士兵的肚子里了。

太子陈率领着第三股最强大的军队。他军营里的勇士也远远多于汉生的,在开阔的战场上要想打败太子陈是绝对不可能的。唯一取胜的希望就是能在战术上胜他们一筹。汉生命令士兵用衣服扎了许多的稻草人,再把这些稻草人排成一排——一个稻草人跟一个士兵挨着——然后再一个士兵接一个稻草人。就这样从表面上看来,他的军队人数就增长了一倍。最后,他写了一封要求对方投降的信——指出他的军队的人数远远多于陈霸的人,再怎么抵抗都是无用的牺牲。

太子花了很长的时间还没有做出一个两全其美的决定。他花的时间太长了,以至于汉生都等得不耐烦了,最后坐下来又给他写了一封信。放在桌子上的信纸一下子被风吹起来飘上了天空。信纸在空中打着旋,旋转得越来越高,比老鹰飞得都高了——是要吹给雨神来读这封信了。汉生那把放在信纸上的金质的刀子也被风吹了起来,被吹到了敌人的军营里。

忽然一个新的想法闪过了汉生的大脑。如果一个小小的纸片都能带动一把刀子的话,那么一张大点的纸应该会带得起刀子的主人了? 尤其是当刀子的主人个头并不是很高,体重还没有一块放了三天的豆饼重的话。似乎是可能的。这位个小的将军又向他的士兵要来了长矛。取下了长矛头上的金属刺头,把所有竹制的长矛按照一定形状绑在了一起。在竹子变成的空架子上又糊上了许多张结实的竹子做成的纸。为了探察敌人的军情,他们把这个奇怪的飞行物放飞到了天上。结果证明它真的能飞起来,而且把他的制作者也带到了令人眩晕的高度。这就是最早发明的风筝。汉生发明的风筝就是小飞机的雏形。

刚好那天晚上没有月亮,一颗星星都没有。大风呼呼地吹着,发出可怕的声音。今天的夜晚尤其恐怖,是一个魔鬼出行造孽的夜晚,是好人都老老实实待在被窝里的夜晚。就在敌营的上空传来了鸟儿拍打翅膀的巨大声响。难道是一条龙吗?所有的眼睛穿过黑夜盯着上空……天空中忽然出现了两只眼睛……其他的什么都看不到……只看到了两只幽灵似的眼睛。从天空中传来了一个声音:"回到你们的家乡去吧,"天上的声音隆隆作响,"你们失败了。赶快回家,否则你们也将失去家园。"太子陈的士兵们听了后害怕地颤抖着。是天神发话了。他们听到了天神的话。他们听到了翅膀扑闪的声音。他们看到了天神发着红光的恐怖的眼睛。太子陈的士兵们怎么能知道他们听到的那些话实际上是汉生说的呢?他们又何以得知闪动的翅膀是那个人造东西身上的呢?那个人造的东西后来被人们称为风筝。他们又

第十三章 风筝的来历

何以知道那双发着红光的眼睛实际上是装满了萤火虫的两个瓶子呢？太子陈的人对于这些事情一概不知。他们解开了绑帐篷的绳子——帐篷就这样被收了起来。

太子陈根本无法阻止他的士兵离开。那些士兵不再是他的追随者。他们现在是逃兵，逃回了家乡。剩下的只有几百个太子的亲信。他们捡起逃走的士兵的武器，双倍地武装了自己，爬上了陡峭的高山，在那里他们试图做最后的抵抗。

但是汉生也发起了同样的进攻，而且早就做好了准备。他悄无声息地趁敌人不注意越过了防线提前爬到了山上。他用一个沾满了蜂蜜的刷子在石头上写下了一行字。在他写字的时候，一群饥饿的蚂蚁蜂拥而至。这些蚂蚁是来——帮忙的——也是来享受美食的。成千上万只蚂蚁很快爬满了整个石头。

随后他就爬上了山顶。就是一万支箭齐发也不能射死躲在山顶上的大石头后面的他。他会把敌人打得头破血流的……他往下面那块石头上看了一眼……发现上面的蚂蚁组成了汉字的形状"你们失败了"。太子陈手下的士兵也发现了那几个字，他们说道："蚂蚁是所有动物中最聪明的。我们就在尘土中爬着走吧，因为我们被蚂蚁打败了。"

汉生就这样打败了三股敌军的入侵，他代表的那个国家再也没有受到外来者的侵犯。后来那个国家就真正成了他的祖国,而且由他作为皇帝统治着那个国家,那个国家一直都被他治理得很好。但是今天人们已经忘记了他是如何英明地统治那个国家的,人们只是牢牢地记住,他就是风筝的发明者。

第十四章　正事反干的真俊

世界上最善于颠倒是非的人是真俊，他就住在铁钉村，那个村子位于闻名世界的中国长城以北，这个地方的路崎岖不平，骑驴要颠簸上半个小时的时间。

行事独特的真俊原名叫麻子，麻子的名是疼爱他的父母给他取的。给他取名叫麻子是因为他的脸长得很丑的缘故。他自己把名字改成了真俊，意思是说非常帅气。

铁钉村的村民们都住在排列整齐的房子里，房子都是建造在地面上的。但是真俊却住在洼地下的山洞里，山洞弯弯曲曲的，加上洞又深，就像个狐狸窝似的。他的邻居们依照法律头顶上都戴着一顶小圆帽，但是真俊把帽子戴在脚上。更令人不可思议的是,冬天的时候他戴草帽,夏天的时候他戴皮帽。头上戴的是一只旧凉鞋。他认为自己的这种造型简直帅呆了。虽然拖鞋老是遮住他的眼睛,但是他还是觉得那样挺酷的。

邻居们外出远行的时候通常骑着自己的鬃毛蓬松的、适合爬山的小马驹。真俊与众不同,他要是出远门的时候——比如说五十英里——就喜欢走路去。但是在家里的时候,从他住的那个狐狸小窝到鸡窝的那段距离他每次都骑着一头小驴。

余韵英,就是真俊的姨妈,给她脾气倔强的外甥留下了三千文钱的遗产,刚好是在他的钱包瘪了的时候,真是雪中送炭。邻居们听说了这事都羡慕得聚拢了来祝贺他。他们说:"你可真幸运啊,亲爱的真俊!你故去的姨妈余韵英留给你的那三千文钱,足以让你好好享受的了。真是天上掉馅饼的大好事。祝你好运连连。"

但是听完大伙的话他却反对地点了一下头。表示反对意见的时候,他一般都是点头表示。"恰恰相反。"真俊说道,"我有点担心,友好的邻居们,担心我姨妈的赠予会给我带来厄运。三千文钱该有多重啊,我至少得来回走两趟才能全部运回来。而且,那些乞丐们很可能天刚刚亮就会来烦我,除非我掰开他们的手。想想还有小偷也会找上门

第十四章 正事反干的真俊

来的。钱只能给我惹麻烦,我想肯定是这样的。"说完这番话真俊开心地大笑起来,这就是他表达忧伤的方式。

但是,真俊那贤惠聪明的妻子可是知道该怎么对付他。她说道:"你说的都是对的。如果我是你,我就不会梦想着真的去取那笔钱。而且我也绝不会骑着毛驴去,而且一次都不骑。"她说这话的时候好像是真的一样。

因此,真俊就骑着毛驴向他亲爱的姨妈住的孙浦那地方进发了,到那里去取他的遗产。很快就在铁钉村外,这个外出的人就不得不过一条河了。河流湍急,冲走了真俊脚上戴的帽子——鞋。他脚上戴的帽子在水里打着圈随水往下游方向流去,帽子的主人就踩着水去追帽子了,溅起的水花很高。聚集了来给他送行的乡亲们,可怜起这个损失巨大的不幸的人。他们大声叫嚷着,拍着胸脯说:"天哪,真俊,我们真为你感到不幸,你的帽子——鞋给丢掉了,真的为你感到伤心。我们的眼睛都在为你伤心地流泪,还替你向苍天喊冤。真是倒霉。还真像你说的,这件好事会带来厄运的。"

但是真俊不再在水里扑腾着追鞋了,对乡亲们说道:"你们说什么呢,这不是倒霉的事。我敢说这件事一点都不是倒霉。恰恰相反,我亲爱的乡亲们,这很可能是件非常幸运的事呢。"他哭了起来,表示自己真的很高兴。

随水往下漂流的帽子很快不见了踪影。真俊沿着河岸跑着,眼睛焦急地盯着流水试图找回自己丢失的财产。乡亲们也跟在他后面跑着,其中一个乡亲还没有忘了替他牵上他的毛驴。一棵大柳树挡在了河流的拐弯处,真俊被漂流到河岸的一艘船绊倒了。他头着地摔了个大跟头,下巴磕到沙子上砸出了个大洞。乡亲们气喘吁吁地追了上来,大喊道:"老天啊,真是倒霉。造孽啊!可怜的真俊,我们真为你感到痛心。我们发自内心地对你表示同情。真够不幸的!"

真俊伸出了一只手去抓那两只被柳树根给挡在了那里的帽子——鞋。因为嘴里进了沙子,他含糊不清地说道:"没有关系的,乡亲们放心吧。我摔倒可是件大好事,因为我刚好摔在我的鞋子边上,否则我永远都找不回我的鞋子了。"他抽泣起来,表达自己的喜悦心情。

他刚才说话的声音太小,太不清楚了,乡亲们有没有听到还是个问题呢。乡里人都是些爱打听闲事的人,他们已经热烈地讨论起这个绊倒了真俊的船是从哪里来的,还不停地用手摸摸这艘船感觉一下,眼睛还四处观看着。拽起了一个褐色的不能用了的防雨布,他们在这个防雨布下面发现船上满载着作为贡品的上好的、值钱的丝绸——因为只有最好的丝绸才会用来纳贡给皇帝。除了好几大匹的丝绸外,还有许多做工良好的丝绸衣服。各种颜色的都有,有红色、绿色、紫色、褐色、黑色,还有金黄色的。橘色的、蓝

第十四章 正事反干的真俊

色的，还有粉色的，颜色鲜艳，比彩虹的颜色还要生动亮丽。"真是太漂亮了！"乡亲们感叹道，"真俊，这可是你发现的财富了，归你了。你可真是交了大好运了！我们一直都是你最忠诚的好朋友，在你需要的时候我们总会送你很多的苜蓿和钱物，今天我们跟你一样感到高兴。"

真俊点了一下头。"我可是不同意大家的说法，"这就是他提出的反对意见。"这可不是一件什么好事。我宁可被一只凶恶的老虎绊倒。真的，发现这艘船真的是太恐怖了。"

乡亲们斜着眼睛看着彼此，说道："真遗憾！你不想要这些丝绸财物。但是这些东西对我们来说可都是值钱的好东西。我们可以用这些东西挣好多的钱。"

真俊听了这些，赶紧把丝绸类的东西放到了自己的驴背上，这些东西就算是在乞丐人的市场上也都可以卖回好多钱。这可是比他姨妈留给他的三千文钱的财产值钱多了，至少是那些钱的两倍甚至更多倍。他妥善地处理了那艘淡紫色的船，然后离开了。

驴身上就这样满载着货物，真俊高兴地走在旁边，昂着头向孙浦的方向走去。走了还不到两里地远，他就遇上了一伙强盗。"那个是老家伙真俊，"一个强盗认出了他，"他很穷的，没有什么可以抢的。他那只毛驴比我的老奶奶年岁都大，而且那头驴脾气特差。"但是强盗头子却发话说："一派胡言，你这个有眼无珠的家伙。看看他那根紫色的绳子，再看看那头驴身上驮的丝绸。我们就算偷了皇帝的国库也见不到这么值钱的好东西了。"于是这伙强盗就截住了真俊，把他的东西全部抢了过来。他的驴子、线绳、钱包，一个都没有放过，全部抢走了。

就这样狼狈不堪地再回到铁钉村，这可是需要相当大的勇气的，真俊就这样可怜兮兮地回去了，跟乡亲们说了他的悲惨遭遇。乡亲们对于这样一个一无所有的人格外的同情。"我们心里跟你一样难过，真俊。"他们同情地慰问道，"显然你是受了惊吓了，你该是多么伤心啊。我们也为你感到伤心。现在一点儿令人高兴的事都没有了。"

笨头笨脑的真俊这下又不愿意了。他说道："谁知道呢，那可能是件好事呢？要是我还继续往深山里走的话，指不定出什么事，说不定我还有可能被从山上滚下来的大石头砸死。大家想象一下，毫无疑问是那些强盗救了我一命。但是，乡亲们，你们却说那事倒霉。"

第二天一大早的时候，真俊那头老驴又回到了村子里。驴挣脱了强盗的束缚，驮着所有的东西一点都不少地溜达着回到了村子里。乡亲们知道了都非常地高兴。乡亲们就像那头驴是他们自己的那样感到高兴。"真俊，快醒醒！"他们兴奋地大叫着，"你家的驴又回来了，背上驮的东西一

第十四章 正事反干的真俊

点也没有少——一捆丝绸都没有丢。真是太好了,太幸运了。"

真俊却说:"这恐怕不是件好事。不会有这么好的事的,可能又是件倒霉的事。老天爷啊,唉!"他的想法不是没有道理。就在那天早上,真俊给这头驴查看伤口的时候,这头该死的驴朝它主人腿上狠狠地踢了一脚。好管闲事的乡邻们又聚拢了来,就像蜜蜂赶去采花蜜一样积极。"天哪!天哪!"他们尖叫起来,"到底是怎么回事?是这头该死的驴踢了我们漂亮的邻居吗?"

"是这头驴踢了我一脚,乡亲们,"真俊笑着说,"踢得太狠了,感觉腿都要断掉了。"他感觉是这样,事实上他的腿真的被踢断了。他不能再走路了。

这些乡邻们哭得更伤心了,互相看着问道:"是不是真的有乐极生悲这样的事?"

"一点也没有关系,"真俊反对地说道,话里听得出他心情有点暴躁,"在我看来,这或许是件好事。断腿这件事可能会让我免于更严重的灾难。而且,至少可以证明我家的这头驴还是很强壮的,虽然有点老了。"

当天深夜,好战的塔塔尔人在可汗首领的带领下,组成五千人的军队浩浩荡荡地南下,来抢劫那些愚蠢的建在长城外的村庄。铁钉村就包括在内。所有四肢健全的男人都被俘虏做了囚犯。村子里只剩下了那些年纪尚幼的小孩、年龄非常大的老人、瘸腿的残疾人、瞎子，还有那些常年卧床不起的病人。真俊就是那些幸免于难的人之一。瘸腿和年老救了他的老命。一个牙齿掉光了的老邻居，举着火把来到了真俊住的窑洞前，咧着嘴告诉他，现在安全了。"我的好朋友真俊，塔塔尔人走了。还带走了村子里所有的年轻人，还有所有的东西也被掠夺走了，他们甚至连烟囱都抢走了。我想就剩下了我们两个了。我们多幸运啊！"

"可能对你来说是件幸运的事，"真俊说道，"可是对于我，我感觉可能会有比这更好的事情，也可能有更糟糕的事情。我倒是希望自己也被塔塔尔人抓了去，这样我可以陪在我家那头可怜的老驴身边。"因为他家的那头驴又丢了。

天亮的时候，皇帝秦唐到这个村子里来查看损失情况。据报，村子里所有的男人都被抓走了，只剩下了包括真俊在内的六个人。

"为什么这个人没有被抓走呢？"皇帝问手下的人。

"因为他是个瘸子，而且有九十岁了。"

皇帝又问道："为什么真俊也没有被抓走？"

"尊敬的陛下，因为……"

一个村民三次跪倒在地上，而且每跪倒一次都磕一个响头，他告诉皇帝说："陛下您是天上最灿烂的太阳，最明

第十四章 正事反干的真俊

亮的月亮,是掌管大地、海洋、天空的圣人,因为真俊被驴踢了一脚,而且我还清楚地记得,当时他被驴踢了他还说这是一件幸运的好事,他就是这么说的。而且后来证明他说的是对的。"

"你刚才说什么?"皇帝听了暴跳如雷,"瘸腿了是件好事?为什么这个真俊能预知说塔塔尔人会来抢走我的子民,他肯定是早就知道了敌人的阴谋,而且知道了后还没有告诉大家。把那个逆贼带上来,士兵——快去。弓箭手——做好准备。"

幸运的是,真俊的妻子偷听到了皇帝的命令。她很快地跑回了家。她走近洞口的时候,真俊刚好打了个喷嚏。

"快走。"一个喷嚏让他有了走的想法。

他妻子着急同情地说道:"天啊!天啊!"

"肯定是你上周坐船出去的时候感冒了。"

然后又严肃地告诉他:"看你还敢到河边去。听到没有?"

她很清楚一会将要发生什么事情。"丈夫——快回来。"

虽然腿有点瘸,真俊走起路来还是挺快的,他迅速地离开了洞,上了那条船。聪明的妻子在后面大喊着:"船不要划得这么快。"

士兵们跑到河边大声喊道:"回来!"

他们喊"回来!"的声音越来越大。这么做可不是明智之举。他们应该喊"快走"才行。

喜欢反着做事的真俊这回坐在船上,使劲地划着桨逃命去了。

第十五章　公主的果馅派

三个体形肥硕的皇家官员躲在一小簇玫瑰花丛的后面；大臣蜷缩在椅子下面；所有的仆人都头贴着地，身体哆嗦着，祈求能听到温柔一点的话语。

其实并没有多大的事把他们吓得这么哆嗦着躲藏起来，心里还默念着希望得到饶恕。就因为皇帝杨郎生气了。

这是很久之前的事了，这个皇帝是个守旧的君主。要是搁到现在，任何一个在厨房里打杂的油乎乎的小工都敢拽一下皇帝的小胡子，然后再出去吹嘘他是多么大胆。但是在那个年代，皇帝就是皇帝，皇帝的刀剑磨得永远都是雪亮的，随时都有可能砍人。

皇帝杨郎就是这样一个暴君——最好是不要看到他生气时的样子。他要是生起气来,那张脸就变成了紫青色的,声音大得就像是战鼓轰隆的声音。"管家,你是不是把我所有的金子都拿去做钓鱼线了?"

每次皇帝这样问到的时候,管家都吓得跪地磕响头。"尊敬仁慈的陛下,您的黄金还有很多,多的我花七年的时间都数不完有多少根金条。至少花七年的时间,我才有可能数完那些大点的金条——数那些小点的金条那得再花十年。"

这消息听了还让人高兴点。皇帝的语气缓和了些,没有那么严厉了:"象牙有多少呢?是不是把我的象牙都拿去当木头来烧了,用木头烧水了?"

管家害怕得如芒刺在背继续跪在地上磕头。"九五之尊的吾皇陛下,您的象牙都装满在一百个保险柜里,储存的地下室也是严加看管的。"

皇帝从来没有想过自己的财富原来有这么庞大。他问话的声音更和蔼了一些,没有先前那么怒气冲冲的了。"你是怎么处理我的那些碧玉的?可不要告诉我说你把它们都用来建造驴圈了?"

"嘭,嘭,嘭",管家又在大理石铺成的路上磕了三个响头,然后说道:"尊敬的皇帝陛下,您拥有的宝贵的白玉

第十五章 公主的果馅派

比碧玉、黄金和象牙加起来的数量都要多。白玉都安全地存放看管着，用锁锁着，还有士兵拿着长矛把守着。"

皇帝听了后感到非常吃惊，说话时还幽默了起来。但是当他再次质问管家的时候声音就比打雷声小那么一点："那我最后再问你一件事，为什么不给我的女儿瓷器公主一些值钱的玩具玩。既然国库里装了那么多的黄金、象牙、白玉，为什么我的女儿在玩一钱不值的泥巴玩具？"

这下管家是解释不出所以然了，"能让太阳升起的皇帝，我们曾经恳求过小公主，让她玩值钱的东西做的玩具。我们给她了一千个纯黄金打造的玩具，而且每个玩具上都带着银质的摇篮，摇篮上都镶着宝石——而且这些玩具的眼睛都是用黑宝石做的。我们还给公主用象牙做了玩具猫，还给每只玩具猫准备了两千只象牙做的老鼠，供它们来捕食。除了这些，还为公主准备了最新流行的玉器、好玩的沙包、精美的盘子，还有可以使唤的能汪汪叫的小狗。但是，我们的公主对于这些东西都是熟视无睹……只是一个劲地用泥巴做馅饼。尊敬的陛下，我也不知道原因，除非公主不是个女孩子，除非公主是个太子身。"

稍微出了一口气放心了点，皇帝杨郎走进了御花园。他在河边找到了女儿瓷器公主，或者说是酒窝公主——因为公主脸上长着好看的酒窝。保姆们都站在旁边无奈地看着地上散落的成筐的黄金做成的娃娃。但是瓷器公主对这些玩具一点都不感兴趣。她那双可爱的小手不停地捏着世上美味的泥巴馅饼。她捏成的馅饼都非常的漂亮——而且是用白土泥巴做成的。

皇帝亲切地对她说道:"我最美丽的小女儿,那些金质的玩具娃娃在等着你去玩它们呢。你为什么不跟它们玩,让它们也高兴一下呢?作为一个公主却天天跟泥巴打交道好像有点不太合适。你为什么要做这些馅饼呢?"

公主早就准备好了一个好答案。"爹爹,因为我想做馅饼。这个大的馅饼是给你准备的晚饭。"

皇帝听了这话吃惊得说不出话来。泥巴做的馅饼给皇帝做晚餐?真是一派胡言。皇帝感觉受到了侮辱似的,拂袖而去。

但是瓷器公主却开心地笑了,继续捏制更多的泥巴馅饼。做了很多之后,她就把这些馅饼放到小推车里运到了皇宫里。

后来事情发生了变化。在遥远的西面有一座大山,人们把那座大山叫作乱石山,一条凶恶的龙把家安到了这座山上。那条凶残的龙可是个贪婪至极的畜生,它非常饥饿,时刻准备着出去觅食。不管是兔子还是大象——对它来说无所谓大小,都是要吃的;也不管是乌龟还是水母——对

第十五章 公主的果馅派

它来说无所谓软硬,它都不会放过。对它来说,人是最好不过的食物了。它比较喜欢吃男孩,至于女孩吗?女孩比男孩更是好吃多了——在龙看来。

这条凶恶的猛龙在这个国家引起了巨大的恐慌。皇帝就悬赏一百根银条给能砍下龙角的人,要是能砍下龙的耳朵就可以得到二百根银条。巫师们已经尝试施展法术来杀死那条龙——反倒把自己的命给搭上了。猎手把枪膛里装满了黄纸,朝着龙的方向射击——结果连人带枪都被龙吞下了肚。对于一下子损失了这么多的人,皇帝非常生气,于是他就率领着一支部队向龙藏身的乱石山进发。士兵们都全副武装起来,随身携带着战鼓、横笛,以及烟雾枪。

结果龙变得越来越猖狂,更加凶残。为了狠狠地惩罚一下皇帝,那条龙决定拜访一下皇宫。因为它知道这样的话,皇帝就会从山上撤兵回宫了。于是就在伸手不见五指的漆黑的深夜,龙来到了皇宫的高墙外面,企图找到入口处。要想找到能进入皇宫的大门可不是件容易的工作。因为皇宫的每个门上都贴着许多画,画上还写着金色的"吃"字。这样的话那些门都可以安全受不到侵犯了。皇后的宫门更是贴着可以防龙的画。上面写着一整句话,那句话是从巫师胡伯的书上摘抄下来的。通向瓷器公主的卧房的门上贴着巫师设计好的咒语和标志。那些都是胡伯的巫术。这条龙在皇宫外面徘徊也是白浪费时间了，但是它要是一直待在皇宫外面不走的话也是一大威胁了。这条龙还算是有点见识的，它知道那些贴着的符咒都是针对它的，也就没有鲁莽行事。它没有在那赖着不走，相反它爬出了走廊离开了。

只见一个手推车挡住了它的去路，往右走不行，往左走也走不动，跳也跳不过去。还好，那条龙可不是吃素的，这么一个木头做的东西对它来说起不了多大用处，是挡不住他的去路的。它张开血盆大口，吐出了火热的白色火焰，眨眼间的工夫那个木制的推车就消失不见了。就像掉落在夏季炎炎烈日下的一块奶油蛋糕一样，很快地熔化了，化成了灰烬。

那条龙就这样毁坏了那个属于瓷器公主的手推车。那个小推车里装满了金制的玩具，这些都是给公主准备的玩具。现在那些玩具都变了形，一点玩具的样子都没有了。在龙呼出的火热的气体的灼烧下变成了一摊液体的黄金。刚硬结实的黄金变成了柔软能流动的液体。

在那个小推车里还有公主做成的漂亮的泥巴馅饼，那些馅饼在龙呼出的火焰下被烧得更加结实，变得比石头还硬。原本柔软的泥土变得跟打火石一样坚硬。公主一直盼望着自己的馅饼能变干，现在她的愿望实现了。

第二天早上，整个皇宫从展览室到食品室沸腾了起来，

第十五章 公主的果馅派

发现那条乌龙竟然胆敢进入了皇家住地。这是肯定的,因为那条龙曾经脚踏在了熔化了的黄金上,现在又变硬了的黄金上留下了它的脚印,记录下了它的路线。

巫婆和巫师们再次进宫施了更多的法术,又派送信的人策马前往乱石山去召回远行的军队。皇帝听到了这个消息后气得火冒三丈,他愤怒地说道:"就让那个作恶多端的龙再回来一次试试,看它胆子到底有多大。要是它还敢再来,看看我怎么收拾它。"大臣们听了都吓得浑身颤抖着,气喘吁吁地央求道:"但愿那个作恶多端的恶龙不要再回来了,永远,永远都不要再来了。"但是瓷器公主却开心地玩着自己做的泥巴馅饼。她的馅饼被烤得很合皇后的口味——或者说更合公主的口味。公主继续到河边专心地玩起了白泥巴,做成的馅饼真漂亮啊,公主心想道。"我真的希望那条龙能再来,"瓷器公主说道,"那条龙真是一个好烤箱,我要再做一百个馅饼来让它烤。"

保姆们也开始帮忙,做的馅饼越来越多。这次他们没有说:"公主,求求你不要再玩这个了,好吗?"

相反的是,他们问公主:"您看这个馅饼做得够圆吗?"

或者说:"我能不能把这边削得更深一点?"

有时也会兴致勃勃地说:"要是能在上面放上草莓或

者胡萝卜该多好啊。"

总之在皇家厨房里这些人什么话都说得出来。就这样做好了一百个馅饼，然后再用手推车推到了皇宫里。他们数了一下，其实他们做了有一百零一个，但是有一个做得太难看了只能称之为蛋糕了。还好了，样子难看与否并没有多大关系。

白天走了，夜晚降临了——日子就这样继续着。晚上的时候士兵们睡着了——尽管皇帝命令他们晚上不准睡觉。在时钟的指针指向天空的最高处的时刻到来的时候，也就是子夜时分了，猛龙就在这个时候出现了。趁值班的哨兵不注意，那条龙溜进了皇帝的庭院。进去后，它就停了下来，困惑的不知所措。皇帝的门上贴满了各式各样的咒符，还贴着黄纸。根本就没有办法进去。皇后的门上也倒着贴满了东西——这是最有效的驱魔的方式了。通向瓷器公主的卧房的门上也写满了文字，画满了圆圈，那些文字和圆圈足以平静龙的心、让它晕头转向。不管怎么说，那些男巫和女巫在门上确实做了大量有效的工作。他们写出的咒语清晰有力，龙是绝不敢看第二眼的，看完第一眼后它就觉得小腿发软。还算聪明的龙很快离开了这个到处写满了咒语的地方。

在明皇帝统治时期有一个叫温斗的人，他是一个醉心于发明的无赖，曾经发明了一种被他称为"透过墙看事物"

第十五章 公主的果馅派

的东西,也就是我们今天所说的"窗户"。他的这项发明让明皇帝得了重感冒,为此他差点被砍掉耳朵——但是我们还是看一下后面发生的事情。有必要告诉大家的是窗户很快流行起来,杨郎皇帝的皇宫里到处都装上了窗户。瓷器公主的卧房也装有许多的窗户,而且令人难以置信的是那些窗户上没有贴任何的咒符来做防备,也没有苹果木做的横梁,因为横梁可以当作一种很有效的符咒来使用。难道龙会轻易错过这么一个可以进去的好机会吗?难道它就不会尝试着爬过这窗户吗?如果它进去后可能不会做坏事吗?大家很容易想象得出接下来发生的事情,但是也没有那么简单。

那条龙粗笨的大脑袋钻进了窗户里。它那对类似鹿的角、兔子似的眼睛、蛇似的舌头,一下子都轻而易举地通过窗户钻了进去。它那双沉重的类似沙发垫的脚掌踏上了窗户的框架……

脚踏地板的声音、碰坏东西的声音,以及东西哗啦坠落的声音交织在一起……

保姆和仆人都被惊醒了,大声尖叫着"救命啊!"

瓷器公主也被吵醒了,但是她"嘘"了一声告诉大家不要出声。

院子里的卫兵们也惊醒了,点燃了绿色的火把,猛击着锣鼓，嘴里大声吆喝着："看你还敢来！大家来帮忙啊！快来救命啊！"

那条龙一下子也清醒过来了——意识到了目前的危险状况，于是它迅速消失了。它受不了这么嘈杂的声音。

杨郎皇帝举着一个金色的火把赶了过来，看到把龙给吓跑了他感到非常高兴。

但是瓷器公主却一点都不高兴，实际上她有点生气了。她从地上捡起一块银色的打火石般坚硬的陶土，悲伤地说道："我的馅饼都被踩坏了，全部都坏了。"

"我把这些馅饼放在窗户上了，那条龙打翻了它们全部都摔坏了。"毫无疑问这确实是那条龙干的好事，地上都是散落的碎片。

皇帝还是挺高兴的，他小女儿的不快也很快过去了。因为皇帝安慰她说："我的宝贝公主，你的那些馅饼都是上好的食物——谁都不敢否认这一点的——但是这些馅饼还做了一件大好事，那就是告知大家龙来了。你的馅饼让我产生了一个好主意，从今往后我们不用再害怕龙了……哈哈。大将军，把你的士兵都给我叫醒，让他们迅速向河边进发！"

皇帝的军队整整一个星期什么都没有干，就一直在那里做泥巴馅饼了。而且这些士兵还都喜欢做泥巴馅饼玩。那些做好的馅饼就放进一个巨大的烤炉里加热，被烘干成

第十五章 公主的果馅派

石头般硬的东西。最后这些被烘干的泥巴馅饼被放在皇宫里，包括窗户上、桌子上、椅子上，以及所有高高低低的架子上，到处都放满了泥巴馅饼。就连烟囱顶上都放上了闪闪发光的馅饼。只要那条龙敢轻轻地踏进来一步都能造成巨大的声响。

皇家的饭桌上也摆满了泛着白光的泥巴做的馅饼，公主的馅饼太多了，都没有房间储存食物了，但是这并没有让大家担心。皇帝下令用这种烘干了的陶土盛放米饭。那些拜访皇宫的贵族官吏们看到皇帝在用一个非常普通的陶土做的盘子盛饭吃都非常震惊，于是，他们回到家里在自己的饭桌上也摆满了瓷器公主做的馅饼。当然皇帝本人树立了这个典范，引领了潮流。

从此以后，我们这些普通百姓，也把我们平常用的盛菜的盘子、吃饭的碗、喝水的杯子都叫作"瓷器"。难道"瓷器"真的就是这么来的吗？瓷器仅仅是同瓷器公主同名的一类东西，我们用的那些扁平的盘子，就是瓷器公主做的馅饼。

海 神

第十六章　看家的海楼

勤俭节约地生活了许多年后,海力终于攒下了一点钱,在英灵路边上买了一座小房子,搬出了常年不变的大山。英灵路是皇帝经常经过的一条道路,在那里可以见识到各种各样的奇闻怪事。在那个地方民间流传着这样一种说法:"那些住在英灵路边上的人,可以见识到世界上发生的任何事。"

新搬来的海力还带着他的弟弟海楼一起住进了新房子。海力上地里干活或者上山打柴的时候,就让海楼来看家。新家很小,面积不足四平方米,而且也没有怎么装修。尽管如此,海力和海楼两兄弟还是把这个新家想象成相当

第十六章 看家的海楼

宏伟的样子,因为他们常年住在深山的山洞里,对这样的房子已经很是满意了。

海力不止一次地告诫他的弟弟要好好看家,不要让坏人到他们的豪华的新家里捣乱,海楼每次都信誓旦旦地答应得好好的。而且他能做到不眨一下眼睛地瞪大眼睛盯着,还一点都不害怕。

就在海楼第一天看家的时候,一只狐狸冲进了房间,钻到了地底下。一伙猎人很快出现在他们家门口,猎人们打招呼说:"吃过饭了吧。"在那个国家人们一般是说这样的话来打招呼的。"我们的狐狸藏到了你家里,那只狐狸可不是个好东西,我们想砍下它的耳朵。请允许我们到你家里把它翻出来,不胜感激——而且狐狸皮可是上好的东西。"

海楼心里牢记着哥哥临走时的嘱咐,于是对那几个猎人说道:"你们来挖地的话会毁坏了我家的房子,我哥哥告诉过我让我看好家,不能让别人毁了我们的房子。因此,猎人们,很抱歉我不能答应你们。你们是不能在我家挖地的,否则房子会倒塌的。"

猎人们轻声细语地好话说了一大堆,海楼还是没有答应。猎人们又转而大声咆哮着恐吓他,海楼还是没有答应。猎人提出给他一些钱,海楼还是拒绝了。他头脑坚定,说什么都动摇不了他。一次不行，两次不行，三次还是不行，继续问他还是不答应。最后，猎人们无奈地离开了，留下了狐狸还在海楼家的房子里。海楼坚信自己第一天看家就做得非常称职，他想象着哥哥回到家后会怎么好好地夸奖他。

但是事情并非他想象的那么美。海力得知了发生的事情后，皱起了眉头，生气地说道："弟弟，你做错了，这个错误真是太愚蠢了。轻轻地挖一点地对房子造不成危险的。狐狸可是无恶不作的坏东西，它会吃掉我们家所有的鸡鸭，它甚至连那个长着斑点的老母鸡也不会放过的。我们必须马上赶走这个流氓恶棍。要是再有猎人来的话——就告诉他们尽管挖吧！"

第二天海楼看家的时候，看见了两个背着弓箭的人。他高兴冲上前去跟他们打招呼，他又鞠躬又哈腰地对那两个人说："希望你们家的饭菜做得香，你们两个都吃得饱饱的。现在你们能去我家来挖地找出那只狐狸吗？"

其中一个人说道："这个人让我想起了武大郎从樱桃树上跳下去的样子——头脑太简单了。"

但是另一个人更狡猾一些，他诡异地对同伴眨了一下眼睛，说道："住嘴！"然后，转身对海楼和气地说道，"我们来这不为别的，就是来给你挖地找那只狐狸的。把门打开吧，我们确实吃饱了。"

第十六章 看家的海楼

他走进了房间就开始拆土炕旁边的石头，海楼还提醒他们说："你们不担心那只狐狸听到了响声，就从它钻进去的那个洞里跑掉吗？"

猎人回答说："确实是个问题。那我们该怎么办呢？你能转过身去坐在门口堵着么？这样的话狐狸就跑不走了。"海楼高兴地答应了帮忙，他走出房间背靠着墙坐在那里。

那两个猎人在壁炉上拆了好几个洞，心里乐开了花。过了一会儿，两个人同时说："天哪！"停止了挖掘。

"你们找到狐狸了吗？"海楼问道。

"找到了，"年老一点的猎人回答说，"我们把它装到麻袋里了。幸亏你叫我们来了！我们挖掘得很成功。"他听上去感到很满意，另一个猎人似乎也同样地感到满意。

海楼听了他说的话也非常高兴，因为他以为那两个猎人肯定抓住了那只狐狸。他想哥哥回来肯定会夸奖他了。

但是事情远非他认为的那样。海力把一个麻袋扔到桌子上，生气地说道："天哪！我的弟弟啊！你今天又犯了一个大错误。那些人不是猎人，是两个小偷。他们麻袋里装走的不是狐狸，而是我们家所有的钱。凑巧的是，我又把那些钱给抢回来了。但是像这样幸运的好事是不会有第二次的。现在你给我听好了，绝对不能答应任何陌生人进我们的家，绝对不能答应。"

海 神

海楼第三天看家的时候,忽然听到一阵急促的敲门声。这个小男孩儿就从窗户缝里向外瞧了一下,他看到了一个老人站在门外,正在敲门。海楼就说道:"希望你吃过饭了——但是你必须离开。我哥哥吩咐我了,说不能让任何陌生人进来。你快走吧!我是不会让你进来的。"

那个老人骂了起来,声如洪钟,说海楼说的是一派胡言。"打开门让我进去,你是不是欠揍竹板抽了。你就是这样对待自己的亲戚的吗?"

海楼还是坚持重复着自己的命令:"你不能进来,赶快滚开——否则我就往你身上泼开水了。"说着他真的提来了一个水壶开始泼水。

那个老人疼得跳了起来,因为那可是滚烫的开水,是刚从火炉上拿下来的。海楼对自己的作为感到十分满意。毫无疑问,他这回可以受到哥哥的表扬了。

可是这回海力是气势汹汹地回到了家里,这个做哥哥的这次是非常失望、非常生气。"你又做错了,弟弟,你把我们的未来都给毁了。被你赶走的那个老人是我们的祖父海浩,他可是相当有钱的,他来这里就是为了让我们做他财产的继承人的。现在他说他一个子儿都不会留给我们的,一分钱都不会给我们了。老天啊,我的小弟弟,你办事能不能灵活一点啊!我们还有一个有钱的祖父,要是再来一个陌生人的话,在朝他泼热水之前你先问问他是不是我们的祖父。"

第二天，海楼看家的时候，又有人来敲门了。又有一个人想进来，至少看上去他可能是想进来。海楼又从窗户缝里往外瞅了一眼，看到外面门口站着一个穿着很好、打扮入时的人。在这个不耐烦的敲门人后面还站着许多的奴隶模样的人。海楼立即想到是不是他的另一个祖父。于是他就问道："我希望你是用金碗吃饭的。你是我的祖父吗？"

"你说什么？"那个陌生人大声咆哮道，"什么？你这个不知好歹的家伙说什么呢？"海楼听后使出全身力气大声又说了一遍："我问你，你是不是我的祖父，是不是我的祖父？"听完这些话，那个陌生人更加生气了。他身后的奴隶也气愤地用扇子扇起了一股风，好像是让那个人消消气。那些人继续扇着扇子抬着敲门的人离开了。海楼这回有点迷惑了，直到他哥哥回到家他还百思不得其解，在迷惑之中呢！

他哥哥听完他的叙述后吓了一大跳，又像是生气了。"天哪，亲爱的弟弟，你怎么能对我们的巡抚这么无礼呢？这回你可是冒犯了巡抚大人了，要是能侥幸逃过一命也算是你命大了。就算你不会被砍头，那也得赔上一千块钱。都怪你那些愚蠢的问题。我恳求你了，再也不要问陌生人任何的问题了。你就不要开口跟陌生人讲话了。"

第二天海楼看家的时候，意外地看了一眼驴圈，发现驴圈的门是打开的。这个小孩还没有来得及把驴圈门关上,发现一个陌生人从里面走了出来,牵走了海力的那头听话的驴。海楼意识到发生了不好的事情。有好几次他都想张嘴大喊一声,但是每次他想喊的时候就想起了他哥哥的教导,不要跟陌生人说话。于是他就一直保持沉默着。那人在驴背上放上了鞍子,翻身跨上驴骑着走了。

他哥哥晚上回家吃饭的时候,又开始教训起他来:"老天爷啊!保佑我吧!我的弟弟啊,你差点毁了我们家,你竟然眼看着让强盗把我们家的驴给骑走了,还算幸运被我撞上了,才把驴给找回来。总之,让你看家实在是让人不放心。再也不要让陌生人接近我们家的驴圈了,要不然我们家的奶牛也有可能被牵走。要是再有陌生人靠近驴圈——你就用弓箭射他。"

第二天海楼坐在台阶上看家。手里还攥着一把弓箭,眼睛时不时地看一下驴圈,确保没有人能把家里的奶牛牵走。这次肯定能做到万无一失了,要是有强盗胆敢来的话,那他就有好果子吃了。

只见一个长途旅行的人远远走来,那是一个有钱人,头上戴着一顶插着羽毛的高高的帽子。这顶帽子实在是太高了,风都把它当作一个玩具耍。忽然一阵风吹来,吹走了这个旅行者头上戴的帽子,帽子被风吹得打着旋,最后被

第十六章 看家的海楼

吹得越来越高、越来越远,还吹到了驴圈前面的地上。那个陌生人当然会追着帽子跑了,最后他追到了驴圈门前。

海楼想起了哥哥的叮嘱,他把弓弦拉紧成了一个V字形,箭以百米的速度盯着目标离弦而去。旅行者吓得忘了捡帽子的事情,只见他发疯似的冲向路边,嘴里大声喊叫着,说自己受伤了。但是,他可是一个远途旅行的人,一个远游者的话没有几句可以相信的。海楼继续坐回到台阶上去,练习拉弓射箭。没有人能够偷走他家的奶牛,除非他先把海楼手里的弓箭偷走。来偷东西的小偷最好穿上铁甲。

今天大哥海力回到家的时候,说话的口气更加的阴沉。"天啊!我的好弟弟啊!你可是给我们惹了大麻烦了!你为什么要用箭射一个穿着棉布衣服的人?他是一个从外国来的使者,他说他的国家会因为这事马上向我们的国家发动战争的。想想你这是办的什么好事啊!我求你下次办事不要这么鲁莽了。下次你再看到一个陌生人丢了帽子就不要射箭了。你要有礼貌地帮他捡起帽子来。"

接下来的一天海楼看家的时候,看到一大队人马朝他们家的方向走来。前面还有一群敲锣打鼓的人,后面的一队人举着一个巨大的横幅;再后面是扛着匾的人;接下来是举着大伞的人;后面跟的是一队士兵;又是一群敲锣打鼓的乐师;跟着负责扇扇子的人;再接着是一群跳舞的人——队伍真的很长。海楼从这阵势上猜想这肯定是一个了不起的大人物在出行。他希望能看到那个有权有势的高官,后来他确实看见了。镶着金边的轿子抬着从他家门前经过时,刚好一阵风吹过,把帘子吹起了一个边,刚好把他的帽子吹了出来。帽子被大风吹着向前跑,在地上滚过了苜蓿地,吹到了萝卜地里。海楼迅速地从房间里冲了出来去追那顶帽子。他认为自己的行为是有礼貌的,而且是助人的——是为了救那顶高贵的帽子。

天哪!一百个拿着大头棒和举着长矛的士兵哗啦一下子向他追了过来。他们嘴里大声叫喊着让他站住,否则就会杀了他。海楼想不通他们为什么会想杀他,也想不明白为什么要停下来。他加快了步伐向前冲去,很快超过了最前面的士兵三步之远。躲在茂密的荆棘丛和灌木丛中他算是安全了,因为他很清楚弯弯曲曲的小路比较难走,要想跟上他可不是件容易的事。

这个小男孩很晚才回到家,发现哥哥正在家里等他。绝望的海力泪流满面,连说话也颤抖起来:"天啊!我亲爱的弟弟,恐怕你的命还没有一个蔫儿了的萝卜值钱。你为什么插手去追皇帝的帽子呢?你难道不知道拿皇帝的帽子就是死罪吗?皇帝的卫兵们四处在找你,要是他们找到了你——我不敢说会发生什么样的事情。兄弟,你就好好听

第十六章 看家的海楼

我一句话吧。赶快进房间，爬到床底下——躲在那里不要动，不要出来。"

第二天海楼就是躲在床底下看家的。他老老实实地待在床底下，连老鼠都在他旁边打盹儿。士兵们来把家里吃的都消灭光了，他们吃喝的架势也是只有皇帝的卫士才能够做得出来的。那些士兵没有一个想到往床底下看一眼，那样是最好不过的了——对海楼来说是最好的了。那些士兵来这里就是为了抓他的。

士兵们很快离开了，房间里忽然有一股烧焦了的味道。原来是房子着火了。海楼被烟呛得咳嗽起来，但是他还是不敢从床底下爬出来。他以为士兵们是专门放火想把他从躲藏的地方熏出来。

房门"嘭"的一声被撞开了，他哥哥迅速冲进了房间。海力往火上泼着水，然后又把他弟弟从床底下拽出来。他哥哥一下子被激怒了："我的弟弟啊！难道你就打算眼看着我们的房子烧掉，一桶水都不往火上泼吗？士兵们都走了，你怎么就不爬起来把火扑灭呢？现在你给我听好了，下次你再看到有火——就赶快往上泼水。泼水知道嘛！"

接下来的一天，海楼看家的时候往路上望了一眼，发现外面燃起了大火。这个小男孩迅速地提起两个装满水的桶，按照他哥哥的嘱咐行动起来。他迅速把大火给扑灭了。

他还没有走进房间就看到大哥海力回来了。海力生气地破口大骂:"我的傻弟弟啊!你怎么老是干蠢事呢?你到底是怎么了,怎么会想到去灭那火呢?那该多么危险啊!为了弥补你的过失,现在你把这根木棍拿去给那个旅行者,给他当柴火烧来煮米饭。还有啊,你给他木棍的时候,记得一定要道歉啊!请求人家原谅你!"

海楼扛着一大根竹子以他最快的速度冲了过去,但是那个旅行的人看到他就赶紧骑上了马。因为那个地方强盗多得泛滥,那个旅行的人已经见识了很多强盗了。他以为海楼就是一个强盗来着——要不然他干吗挥舞着那么长的一根竹子呢?于是这个旅行者就快马加鞭,逃跑了。但是海楼还不甘心落后,他在后面紧跟着跑起来,嘴里喊着让人家停下来的话。但是他越是喊让人家停下来,那个旅行的人也就逃得越快了,最后他逃到了一个兵营里面寻求保护。

有几个年轻人出于好奇就紧跟着海楼追了过来,他们也想知道海楼为什么追着那个旅行的人跑。当他们追到一个村子的时候,又有其他好奇心强的人加入了追的行列,再到另一个村子的时候,又有更多的人加入了进来。经过一个城镇的时候,追赶的人数翻了两倍。海楼的身后很快跟上了一大堆追随者,这些狂跑的人扬起了灰尘就像一个窗帘似的遮住了太阳。杂乱的脚步声加上人们的喊叫声在好几里地远的地方都能听到。扬起的灰尘越来越多，跟着跑的队伍也越来越壮大。开始的时候那些人还问："怎么回事？"结果到了后面，大家都开始喊起来了"抓住他""杀死他"。

海楼早就看不见了那个骑马逃跑了的人的踪影，但是他认为那个人肯定会进入省会城市——英灵。于是他就带领着他那一群好奇心强的人进入了英灵城，他决心要按照哥哥吩咐他的去做。

当时的皇帝洪王刚好是一个出名的暴君，好多人都揭竿而起来反对他。据说北部就有一个王子已经领兵造反了。因此，当皇帝看到海楼带领着一个大部队冲来的时候，他以为那就是北部造反的王子率领人马来进攻他了，他把跟在海楼后面的那些好奇心强的人都当作了叛乱的军队。想到这里，他就叫来了自己的马……大家都不知道他到底是怎么了，总之他是消失不见了，这样就是再好不过的结局了。

那些皇家军队的将领们没有发起抵抗，相反他们都跪倒在海楼的面前，在扬起的灰尘中磕起了头。他们嘴里还口口声声地说着："拜见我们的新皇帝"。皇宫的侍卫们也大声说着："吾皇万岁！"那群追得气喘吁吁的民众高呼着："吾皇万岁，万万岁！"皇冠被迅速戴到了吃惊的海楼的头上，象征着权力的权杖也交到了他的手里。人们欢呼着"万岁""万万岁"。

海楼就这样因为追赶一个陌生的旅行者而登上了宝座,当上了皇帝。从此结束了他看家的生活。这本故事书到此也就结束了……